스승들이 납시어
어른스크림을 사드리다

스승들이 낚시에 어른은 크림을 사드리다

글·그림

함영

참글세상

1% 나눔의 기쁨

밥은
인연을 짓고,
이야기를 짓고,
사랑을 짓는다.

진정한 먹방은
그 감동의 밥맛을
맛보고 즐기는 것!

4장   곰탕에 꽃 한 송이

5장 삶, 깨달음의 여행

식기 전에 양껏 드시길

　매일 밥을 먹는다. 그리고 사람들을 만난다. 입맛이 있든 없든 때가 되면 밥을 먹고, 원하든 원치 않든 만날 사람들을 만나는 것. 이보다 지극히 당연하고 평범한 일도 없을 것이다. 그러기에 그것은 전혀 특별하지도 중요하지도 않은 그저 '일상'이었다. 그런데 문득 돌이켜보니 그토록 평범한 일상이 여간 비범한 게 아니었다.

　내가 무얼 하든 어떻게 살아왔든 밥과 사람은 그 곁에 단 한 번도 없던 적이 없었다. 구수한 된장찌개에 밥 한 공기를 거뜬히 해치우면서도 입맛 없다고 엄마에게 투정부리던 그때도, 순한 미소의 사람들과 삼겹살을 구워먹으며 마음을 나눈 그 시간에도, 오랜 친구와 매운 닭발 안주를 놓고 맥주잔을 부딪치며 죽을 듯 힘들어하던 그 순간에도 그렇게 나는 밥과 사람들 속에 존재하고 있었다. 인생의 쓴맛 단맛이 그 속에 늘 다 있었다.

그래서 나는 지극히 평범하고도 비범한 여행을 새삼 떠나보기로 했다. 정성껏 돌보던 장미와 작별하고 떠나와 온갖 별을 떠도는 어린 왕자처럼, 법法을 구하기 위해 53선지식을 만나러 다니는 선재동자처럼, 또 은하철도999를 타고 잃어버린 엄마를 찾아다니는 철이처럼 여행을 떠난 것이다. 다만 그들의 여행과 조금 다른 것은, 이 여행은 기실은 어느 날 계획하고 떠난 것이 아닌 다만 '발견'이라는 점이다. 그러니까 언제부터인지도 모를, 아마 밥을 먹고 사람들 속에 존재한 그날로부터 이미 시작된 여행의 발견이랄까. 혹은 이미 떠나온 여행에서의 또 다른 여행이라고 할까.

그 여행의 출발은 하루 세끼 매일 먹는 밥에서 시작되었다. 진작부터 여행자였던 나는 이 미묘하고도 근사한 여행을 위해 나의 또 다른 나, 즉 전생의 나 일수도 있고 내생의 나 일수도 있는 '삼례'가 되었다. 어린 왕자와 선재동자, 철이처럼 호기심 많고 진리에 대한 갈망 또한 많은 삼례는 그들처럼 역마살이 단단히 끼었긴 해도 어딘가로 훌쩍 떠나진 않았다. 매일 대하는 밥과 사람들 속에 그저 머물러있었다. 그런데 그것만으로도 충분히 멋진 여행이 되었다.

많은 밥과 사람들이 삼례를 스쳐갔다. 굳이 떠나지 않았어도, 별다른 의도함이 없었어도 매순간 이뤄지는 끊임없는 인연의 법칙으로 그들이 알아서 다가왔다. 그 인연들은 삼례에게 부지런히 보여주고 속삭여줬다. 네가 매일 먹는 밥에, 네가 매일 만나는 사람에게 법法이 있고 도道가 있고 사랑과 진리가 있다고. 눈을 크게 뜨고만 있어도, 귀를 쫑긋 세우고만 있어도 그들이 그렇게 저절로 다가와 근사한 여행을 만들어냈다.

삼라만상의 모든 이치가 내가 서있는 이곳에, 그것도 지겹도록 대하는 밥과 사람들 속에 있다는 걸 알게해 준 이번 여행에서 삼례가 맛본 밥 맛은 찰지고 따뜻했다. 그 밥에 때론 다부지게 얹히기도 하고 배탈이 나기도 했지만 지나고 보니 그 한 그릇 한 그릇이 다 건강에 필요한 메뉴였다. 간혹 심하게 체하거나 배앓이를 한 것은 아마도 그것들을 더 맛있게, 더 감사하게 먹지 못한 탓일 테다. 무엇 하나 따뜻하지 않고 영양가 없는 밥은 없었는데 많이 감사하고 많이 행복한 마음으로 먹지 못한 미안함이 크다. 그 마음과 더불어 매 끼니 밥이 되기 위해 치러진 수많은 생명들의 희생과, 또 그것들을 맛있게 나눠먹으며 삼례에게 사랑과 진리를 일깨워준 모든 인연에게 감사함을 전한다. 그대들로 인해 특별하고 값진 여행이었다.

그리고 철없는 막내딸의 시봉을 기꺼이, 기쁘게 자처하며 매 끼니 밥을 지어 먹이느라 고생 많았던 장 마담. 이젠 또 다른 방식으로 내 곁에 존재하며 여전히 아낌없는 사랑과 걱정을 보내는 당신에게 이루 말할 수 없이 미안하고 고맙다. 이제는 알 것 같다. 당신의 지난 삶이 관세음보살과 다름 아니었다는 것을, 당신이 나의 관세음보살이었다는 것을……. 언젠가 다시 만난다면 그땐 내가 당신이 지어준 밥보다 더 찰지고 따뜻한 밥을 지겹도록 지어주련다. 장 마담의 빈자리를 대신하느라 고생 많은 푸코에게도 더할 나위 없는 사랑과 고마움을 전한다. 엄마와의 갑작스런 이별로 비록 극심한 불리불안을 앓고 있지만 너만큼 위풍당당하고 발랄한 강아지는 본적이 없을지 싶구나. 너의 치명적인 귀여움이 만들어내는 기적에 경탄해 마지않으며, 너와의 여행에서 알게 되는 것들이 참으로 많다는 것을 이 자리를 빌려 고백하마. 누나역시 장 마담의 빈자리를 든든히 채워줄 것을 약속하며 어떤 일에서도 너처럼 위풍당당하고 발랄하련다.

2021년 가을
푸코의 코 고는 소리가 선정禪定인 밤에
삼례 차림

1장

어디든 낚시는 스승들

큰스님이 납시어
'어른스크림'을 사드리다

진짜큰스님 편 1

삼례가 맨발의 그를 만난 건 초겨울 문턱에서였다. 근본불교 수행 Vipasyana석가모니의 수행법을 하는 지인 싯달라 스님이 부산의 한 절에 머물며 삼례에게 연락을 준 것이 계기가 되었다. 그에 대한 사전 정보는 아무것도 없었다. 다만 '큰스님'이라는 것밖에는. 싯달라 스님은 큰스님을 모시고 태국의 스님들과 석굴암을 방문할 계획인데 함께 가지 않겠냐는 제안을 해왔다. 어떤 일로 극심한 스트레스와 절망에 빠져 있던 터라 삼례는 사실 그 팀에 합류할 경황이나 마음의 여유가 없었다. 하지만 스님의 초대를 거절하기가 미안해 그들의 일정이 끝나는 대로 잠시 뵙기로 했다. 그렇게 약속을 정해놓자 삼례는 큰스님이라는 분이 궁금해졌다. 내심 의구심도 들었다.

'그 큰스님이라는 분은 정말 큰 스님일까?'

삼례가 그들을 만난 건 저녁나절이 되어서였다. 매섭고 사납게 휘몰아치는 초겨울 바람 따라 때늦은 낙엽들이 이리저리 나뒹구는 싸늘한 풍경 속에서 그들 일행을 태운 승합차가 멈춰 섰다. 차문이 열리면서 보조석에 타고 있던 한 태국인 스님이 재빨리 내려 뒷자리로 이동하더니 삼례에게 그 자리로 올라타라는 신호를 보냈다. 인사를 나눌 겨를도 없이 얼떨결에 보조석에 올라타고 보니 차안에서는 팔리어석가모니가 설법할 때 사용한 인도 평민 계층의 언어로 저녁 예불이 한창 진행되고 있었다.

"보살님, 근처 가까운 곳에 아이스크림 가게가 있나요?"

"네? 이 추위에 아이스크림을 드시게요?"

예불이 끝나자 싯달라 스님은 삼례에게 뜬금없이 아이스크림 가게의 위치를 물었다. 오후불식吾後不食의 계율을 지키는 남방 불교동남아시아에 전파된 불교의 스님들이라 저녁 식사를 할 순 없지만 차나 아이스크림 정도는 먹어도 상관없다고 했다. 이른 아침부터 장시간 차를 타고 여행한지라 스님들이 출출한 모양이었다. "그럼 제가 아이스크림을 공양供養 올릴게요"라는 삼례의 말에, 뒷자리에 앉아있던 노스님 한 분이 "아이 고마워서 이를 어쩌나"라며 공손하면서도 천진스러운 어투로 인사를 건네 왔다. 아이스크림 가게 근처에 주차를 하고서야 삼례는 그 노스님의 모습을 제대로 볼 수 있었다. 태국 스님들의 부축을 받고 차에서 내린 노스님은 한국인 승려임에도 불구하고 특이하게 태

국의 스님들이 입는 주홍색 가사를 걸치고 맨발에 낡은 슬리퍼를 신고 있었다. 그가 바로 큰스님이었다.

"스님, 날이 이렇게 추운데 발 안 시려우세요? 저는 두꺼운 양말에 이렇게 부츠까지 신었는데……."

"제가 말이지요, 참말로 바보라요. 모르는 게 몇 가지 있는데 우선 춥고 더운 걸 모르고, 몸이 아파도 모르고, 잠이 오고 안 오는 것도 모른다오. 거저 누우면 자는 줄로 알고, 일어나면 깨는 걸로 알고, 밥을 적게 먹었다고 기운이 없지도 않고, 많이 먹었다고 기운이 더 생기는 줄도 모르고, 또 굶어도 고픈 줄도 모르니 멍텅구리라요."

"와! 그 멍텅구리 되는 비법 좀 알려주시면 안 될까요? 그렇게 되기 무지 어려울 것 같은데 나중에 찾아뵈면 가르쳐주시겠어요?"

평안도 사투리에 유머 감각이 넘치는 큰스님은 삼례의 얼굴을 흘끔 한 번 보더니 "나중에 가르쳐줄 게 뭐있나. 가르쳐주려면 지금 당장 가르쳐 줘야지"라며 멍텅구리가 되는 비법에 대해 조곤조곤 설명을 늘어놓았다.

"내가 말이지, 걸을 때는 천천히 걸어요. 왜냐? 저기 저 차좀 보라잉. 저 차가 40킬로밖에 짐을 못 싣는 차인데 만약 그 이상을 싣거나 무리해서 달리면 어떻게 되간? 금세 못쓰게 되갔지요. 사람도 마찬가지라, 걸을 때는 차분하게 사뿐사뿐 걷는기라잉. 그리고 성내는 마음을 갖지 않아야하는 기라. 성내지 말라는 건 긴장하지 말라는 얘기야. 성은 긴장에서 나오거든. 배를 타면 배가 파도에 출렁거리기도 하잖아. 그때 긴장한 사람은 뛰어내려야 하나, 어떻게 해야 하나 안절부절 하다 물에 빠지지만, 긴장하지 않고 느긋한 사람은 배가 파도에 올라가면 올라가나 보다 하고 내려가면 내려가나 보다 하면서 졸기까지 한단 말야.(웃음) 거저 그냥 두면 되는 기라.”

나지막하고 차분한 말투와 조신한 걸음걸이로 아이스크림 가게를 향하며 큰스님은 쉼 없이 이야기를 이어갔다. 큰스님이 뜬금없이 과수원에 대한 이야기를 꺼낸 것은 가게에 들어가 자리를 잡고 스님들 각자 식성에 따라 코코아와 아이스크림을 주문한 후였다.

“한 과수원 주인이 말이지. 자기 과수원에 몰래 들어와 가끔 사과를 따먹는 사람이 있어도 그걸 보고 화를 내지 않는단 말야. 그래 옆 사람이 물었어. 당신 과수원에서 사과를 훔치는 사람을 보고도 왜 그냥 두냐고. 그랬더니 그 사람 하는 말이, 사과를 훔치는 사람보다 그

사람에게 화내고 욕하는 사람이 더 나쁘다는 게야. 그게 더 무거운 업이 되니까 그냥 둔다는 게지.”

“남의 사과를 훔치는 것보다 그 행동을 나무라는 게 더 나쁘다고요?”라며 재차 확인해 묻는 삼례에게 큰스님은 “거럼. 잘못한 것보다 더 나쁜 게, 잘못한 걸 비방하는 거지”라고 단호하게 말했다.

“그럼 누가 자기를 비방하고 다녀도, 또 아무리 억울한 일을 당해도 그냥 참고 두

고 보는 게 맞겠네요?"

"아니지, 참지도 말고 그
냥 그 생각조차 잊어버리는
기라잉. 아까 멍텅구리는 배
가 파도에 올라가면 올라가
나 보다 하고, 내려가면 내
려가나 보다 하면서 즐기까
지 한다고 안 했간. 그냥 냅
두는 기라."

삼례는 당시 자신의 과
수원을 엉망진창으로 만들
어놓는 사람들을 지켜보다 울분을 참지 못해 화를 터트리기 일보 직
전에 있었고, 더 이상 가만있을 수는 없다고 생각하면서도 갈등하고
있었다. 누군가 자신을 모함하고 있는 걸 알면서도 그냥 참는 것이 수
행인지, 그 화를 어찌 달래야 하는지, 혹 자신이 수행의 의미를 잘못
이해하는 건 아닌지, 이해관계에 따라 금세 달라지는 인간사를 어떻
게 받아들여야할지 아무것도 알 수 없었다. 그런데 그러한 번민과 고
통을 굳이 말하지 않아도 이미 훤히 알고 있는 듯한 한 노승이 삼색의
아이스크림을 한 수저 한 수저 뜨면서 그 문제의 해결책을 쉽게 일러
주고 있으니, 삼례에게 그는 아주 큰 스님이자 스승이 아닐 수 없었다.

어느새 삼례는 조용하고 나지막한 큰스님의 말씀 한 마디, 한 마디
를 놓치지 않기 위해 집중하며 코코아 한 잔을 홀짝홀짝 비우고 있었

다. 달콤하고 따끈한 코코아로도 어찌 되지 않는 냉랭하고 원망 어린
마음이 추운 겨울, 맨발에 홑겹의 얇은 승복을 입고 게다가 차가운 아
이스크림을 살뜰하게 해치우면서도 따뜻하고 자비로운 말만 쏟아내
는 큰스님 앞에서 서서히 녹아내리고 있었다. 신심信心 깊은 아이스크
림 가게의 주인장은 큰스님과 이국의 스님들을 위해 초코케이크를 서
비스로 내놓으며 덩달아 행복해했다.

　"보살들이 스님들한테 공양을 대접해 보시하지 않간. 그럼 스님들
이 베풀 수 있는 보시는 법을 들려주는 기라잉. 스님들이 거절해선 안
되는 게 몇 가지 있는데 공양 대접을 거절하면 안 되는 기고, 법을 청
하는데 거절하는 건 더욱 안되는 기라. 그땐 당장 죽게 되더라도 가야
하는 기라잉. 또 누가 큰스님을 뵈러 왔는데 우리 스님은 아무나 만나
지 않는다고 하거나, 아파서 만날 수 없다고 하거나, 혹은 시간이 없어
만날 수 없다면서 돌려보내는 이들이 있거든. 그건 스님 자격도 없는
기라잉. 스님이라면 적어도 누구든 만나기를 청하면 만나야 하는 기
라. 스님들이 가장 시간을 내야 할 일이 법을 구하러 온 자를 만나는
일인데 시간이 없다는 건 말도 안 되는 기라."

　큰스님은 몇 해 전 병원에서 있었던 에피소드를 더불어 들려주었
다. 건강이 위태롭다고 해서 병원에 입원한 적이 있었는데 그 사실을
모르는 신도가 법문을 청해왔다고 한다. 당연히 법문하러 가기 위해
자리에서 일어나려는 스님에게 의사는 이 상태로 나가면 죽을지도 모
른다고 경고했고 절의 식구들도 한사코 말렸다고 한다.

　"그래도 나는 가야겠다고 하고 링겔을 뽑고 법문하러 가지 않았간.

그런데 보라잉, 그날 나가면 죽을지도 모른다고 했는데 지금도 이렇게 멀쩡히 살아있지 않간."(웃음)

삼례는 그가 곧 다시 보고 싶어지리라는 걸 알았다. 차에 사뿐하게 올라앉아 손을 흔들어주는 큰스님을 향해 삼례가 "스님, 조만간 절로 찾아뵐게요" 하고 소리치자, 그는 차 창문 밖으로 고개를 내밀며 이렇게 당부했다.

"거럼! 그런데 내가 나이가 조금 많아서리 그새 니를 까먹을지 모르거든. 그러니까 그땐 아이스크림 사준 보살이라고 해라잉. 아니지, 어른스크림이 맞겠구만! 아이에게 사준 것은 아이스크림, 어른에게 사준 건 어른스크림!"(웃음)

맨발에 슬리퍼 신고 어디든 출동한다

진짜 큰 스님 편 2

초콜릿 한 상자를 사들고 삼례는 부산행 버스에 올랐다.

'아마 그도 여느 큰스님들처럼 아침이면 시자侍者스님의 시봉侍奉을 받으며 근처 숲길을 여유롭게 산책하시겠지. 끼니 때면 솜씨 좋은 공양주 보살이 정성스레 지어올린 정갈한 식사를 하실 테고, 간혹은 제자에게 먹을 갈도록 해서 붓글씨도 취미 삼아 즐기실 거야……'

한 절의 조실祖室사찰의 최고 어른로 계신 큰스님에 대해 삼례가 추측해 볼 수 있는 그의 일상이란 대충 이러한 것이었다. 그런데 절 입구에서부터 꼬리를 흔들며 반기는 절집 강아지 맹순이를 따라간 곳은 망치소리가 울려오는 허름한 건물 뒤편이었다. 구멍이 숭숭 뚫려 걸레가 다 된 티셔츠 차림으로 한창 망치질을 하던 웬 노승이 삼례를 보더니 잠시 일손을 놓고 환하게 웃었다. 큰스님이라는 이름에도 걸림 없이 자유로운, 다만 부처의 한 제자인 비구이며 수행자로서의 그가 거기 그렇게 서있었다. 그것이 그와의 두 번째 만남이었다.

"스님, 티셔츠에 구멍이 너무 많이 뚫렸는데 춥지도 않으세요?"
"아이 그러니까넨 바람이 숭숭 잘 통해 시원해서 좋지 않간."

첫 만남에서 그랬듯 자유롭고 위트 어린 그의 생각과 입담은 한 치 막힘도 없이 유쾌하고 따사로웠다. 그러고 보니 큰스님의 화법에는 참으로 이상한 데가 있다. 때론 알아듣기 힘든 평안도 사투리로 들릴 듯 말 듯 나지막이 차분하게 이야기하는데도 말씀 한 마디 한 마디에 묘한 힘이 실려 있다. 부드럽지만 강한 울림이 있다. 얼음처럼 단단하고 차가워진 마음을 살랑살랑 녹여 아이와 같은 천진함으로 바꾸어놓는 힘, 두고두고 곱씹을수록 마음을 찰랑찰랑 흔들어놓는 은근한 울림……. 그건 자비의 힘이었다. 세수 아흔도 훌쩍 넘긴 노승의 망치질 솜씨 또한 그리하여 수월하고 능숙하기만 하다.

"스님, 못질을 어찌 그리 잘하세요?"

"이게 힘든 게 아니라잉. 실은 어려운 게 하나도 없거든. 왜냐하면 조건을 어기지 않고 하라는 대로만 하면 되는 기라잉. 어드래든지 법칙을 따르면 되는데, 고걸 잘 지키면 뭐든 수월한 기라."

큰스님은 겨우내 화원의 식물들을 따뜻하게 돌볼 연탄을 쟁여두는 나무통을 손보는 중이었다. 큰스님의 정성이 실린 꼼꼼한 못질 아래 연탄통은 단단하게 모양새를 갖추어갔다. 그러고 보니 절 지천으로

이름도 알 수 없는 식물들이 조만간 맞이하게 될 봄을 기다리며 소생할 채비를 하고 있었다.

"식물들이 알고 보면 사람보다 말귀를 더 잘 알아듣거든. 그리고 내가 애들을 돕는 것 같지만 실은 꼭 그렇지만도 않거든. 쓰러지는 걸 세워주는 공덕, 죽어가는 걸 살려주는 공덕, 잘 자라게 보살펴주는 공덕, 그런 공덕들을 내게 짓게 해주니까 알고 보면 애들이 또 나를 돕는 기라. 무엇이든 세상에 허투루 온 것은 없거든. 그러니까넨 나한테 어떤 것이 왜 다가오는가를 알고 잘 써야 되는 기라잉."

모습은 달라도 기실은 서로가 서로를 돕는 하나의 생명체로 이어진 까닭에 큰스님은 한시도 게으를 새가 없다. 틈만 나면 경내를 오가며 쓰레기를 줍고, 화원의 연탄을 갈고, 아궁이의 불을 때고, 낡고 부서진 물건들을 손보는 등 절 곳곳에서 허드렛일을 마다하지 않는다. 온갖 신도들의 응대와 부름, 타 종단이나 타 종교는 물론 이웃 불교 국가의 행사에도 당신을 원하는 곳이라면 언제든 낡은 가사 한 벌 걸치고 맨발에 슬리퍼를 신고 출동한다.

"아이 누가 그래. 어디에 어떤 도인이 있다고. 그런데 그거 하면 뭘 할기고. 도인이든 아니든 우리가 해야 될 일은 공덕 되는 일을 하는 기라. 그게 우리가 가야 하는 길인 기라잉. 나를 위해 하는 일이 아니라, 남을 위해 하는 일을 '공덕'이라고 하거든. 그런데 그게 실은 또 나를 위해 하는 일인 기라잉. 그런데 세상 사람들이 뭘 잘하냐 하면, 자기한테 좋은 자리가 주어지면 바른 노력으로 더 좋은 일을 하라고 그 자리가 주어진 줄 모르고 그때부턴 되레 어느 놈을 밟을까 연구하는 백정

노릇을 한단 말야. 그러니까낸 어떤 위치에서든 바른 마음을 끝까지 지니는 게 무척 중요한 기라.”

큰스님과 이야기를 나누며 경내를 돌아보던 중에 삼례는 한국인 승려임에도 불구하고 남방 가사를 입게 된 연유나 여행 중에도 장소와 상관없이 팔리어로 예불을 올리며 수행하는 그의 사연이 궁금해졌다.

“우리나라 큰스님이라는 양반네들이 내가 볼 적엔 보통 스님네만도 못하거든. 신도가 많고 돈이 많고 권력이 있으니까 못된 짓은 더해. 깨달았다는 도인들은 삼독三毒·탐·진·치에도 자유롭지 못하고, 선지식이라는 분들은 말과 행동이 다르고 닭벼슬보다 못한 중 벼슬이나 얻기 위해 다투기나 하면 뭣이 잘못됐어도 한참은 잘못된 게 아인가. 그래 우리네 수행법이 뭣이 잘못된 줄로 알았지…….”

그래서 은사의 허락 하에 남방 가사를 입기 시작한 것이 어느덧 수십 년 세월이 흘렀다. 주위의 따가운 시선에도 불구하고 자신의 신념을 믿고 부처님이 했다는 수행법을 그대로 실천하며 오롯이 수행자의 길을 걸어온 큰스님. 나중에 안 사실이지만 그는 해인사와 대흥사의 주지를 한 이력이 있을 만큼 한국 불교계의 기득권이기도 했으며 신라시대 이후 단절된 근본불교 수행을 우리나라에 다시 뿌리내리게 한 장본인이었다. 한편 동남아 불교 국가에서 그는 정부 차원의 승왕僧王 대접을 받고 있었다.

“그런데 실은 그쪽 정진이나 이쪽 정진이나 별 차이가 없거든. 사성제四聖諦와 팔정도八正道에 고통을 없애고 행복해지는 법이 다 들어 있지 않간. 그걸 알고 실천하는 게 부처님 법이라, 그 법은 그렇게 쉽고 수월한 기라잉. 그 법을 모르는 사람도 쉽게 배우고 알 수 있는 게 부처님 법인 게지, 애를 쓰고 노력하는데도 누구는 되고 누구는 안되는 그런 법은 없는 기라잉."

그토록 수월하고 공평한 법을 통해 우리가 구하려는 것은 무얼까? 그러한 수행을 통해 우리에게 이득이 되는 건 무얼까? 연달아 일어나는 삼례의 의문에 대해 그는 쉽고 재미있는 비유를 들어 설명해 주었다.

"만약 바늘로 종아리를 찌르면 어드렇게 되간? 마음이 바로 그곳으로 가지 않간? 자연적인 현상에는 마음이 자기 멋대로 왔다 갔다 하면서도 자기 의지대로 그렇게 하는 건 사람들이 잘 안 하거든. 마음의 원리란 자기 필요한 곳에 자유 자재하게 쓰는 기라잉. 마음을 자유하게 쓴다는 건, 마음을 자기가 필요 있는 데로 가게하고 필요 없는 곳엔 못 가게 하는 기라잉. 그러니까 못된 곳으로 가려는 건 좋은 데로 가게 하고, 슬픈 데로 가려는 건 기쁜 데로 가게 하고잉 마음대로 된단 말여. 그런데 어드런 마음이 제일로 좋냐 하면 긴장하지 않고 편하고 깨끗한 마음이거든. 그 마음으로 자신을 살피는 게 정진이고 수행인 기라잉. 투명하게 빛나는 유리구슬을 한번 상상해보라우. 참 깨끗하고 맑지 않간? 상상으로 마음도 그와 같이 만들어보래이. 그게 절대 어렵지 않아요. 처음엔 잘 안되더라도 그렇게 계속 하면 현상으로 나타나지거든. 그냥 그대로만 하면 되는 기라잉."

수행과 삶의 이치가 다름 아니고, 깨달음과 보살행 또한 둘이 아님을 당신의 일상으로 여실히 보여주기에 큰스님의 법문은 쉽기만 하다. 방바닥을 기어 다니는 벌레 한 마리에게도, 길가에 핀 풀잎 하나에도, 절에 찾아와 잡다한 수다를 늘어놓는 신도들 한 사람 한 사람에게도, 심지어 구걸을 하러 온 이들에게도 홀대함이 없이 부처님 법을 무심히 실천하는 소탈한 삶, 그 속에서 그는 어디에도 걸림 없는 자유인이었다. 삼례는 진짜 큰, 스님에게 주려고 사 온 작은 선물을 내밀었다.

　　"아이쿠, 지난번엔 어른스크림이더니 이번엔 초콜렛인가!"(웃음)

사이다로 통하는 이심전심以心傳心

진짜 큰 스님 편 3

오후 4시 반을 넘어선 시각, 큰스님이 부산역을 출발해 서울로 떠났다는 기별이 왔다. 갑작스레 연락을 받은 삼례는 큰스님을 마중하기 위해 서울역으로 향했다. 기차가 플랫폼에 도착했다는 안내방송이 흘러나오자 평소보다 많은 사람들이 기차에서 쏟아져 내렸다. 수많은 인파로 북새통을 이루는 속에서도 큰스님을 찾아내는 건 '식은 죽 먹기'다. 남다른 의상 덕이다. 당신을 꼭 빼닮은 밝고 환한 주홍 빛깔의 남방 가사를 걸치고, 낡은 천 가방을 메고 슬리퍼를 신고 저 멀리서 걸어오는 그를 금세 발견할 수 있었다. 그런데 그의 주변엔 아무도 없는 게 아닌가!

"스님, 시자스님도 없이 혼자 오신 거예요?"

"편하게 앉아있기만 하면 되는데 시자가 무슨 필요 있나. 기차가 알아서 데려다 주는데. 인천까지는 또 전철이 데려다줄 끼고."

"네? 인천에서 어떤 분이 서울역에 마중 나올 거라고 들었는데요."

당황해 묻는 삼례에게 큰스님은 무심하게 반문할 뿐이다.

"아이 전철이 알아서 데려다줄 낀데 여기까지 뭐 하러 나와. 그런데 서울을 일 년 만에 와보는구나."

당신의 가방을 흔쾌히 넘겨주고 뚜벅뚜벅 앞서 걷는 큰스님을 뒤따르며 삼례는 왠지 어퍼컷을 맞은 기분이다. 그저 검박하고 평범한 비구로서 필요 이상으로 대접받는 일을 경계하고, 조실이니 큰스님이니 하는 틀에서도 벗어난 부처의 한 제자일 뿐임을 당신 자신은 잊은

적이 없건만 정작 삼례는 그 사실을 번번이 잊고 만다. 그래서 큰스님은 날린 적도 없는 어퍼컷을 제 스스로 맞곤 한다.

"그런데 스님, 오늘처럼 먼 길 다니실 때도 오후불식을 하시면 힘들지 않으세요?"

"그게 말이다. 오후불식이나 단식이나 일중식日中食이나 실은 힘든 게 하나도 없거든. 아주 수월해요. 힘들다는 생각이 힘들게 하는 거지. 사람들이 밥을 적게 먹는 게 얼마나 수월한지를 모르고, 좋은 말만 하면 또 얼마나 편한지를 잘 모르더구나. 그리고 세상에서 제일로 수월하고 하기 쉬운 게 뭣이냐 하면 수행인 기라. 와 그런가하면, 이건 뭐 하기만 하면 안되는 사람이 없거든. 그럼 뭣이 제일로 어려우냐? 못된 짓 하기가 제일로 어려워요. 한번 하고 나면 다음엔 그거 떼놓느라 계속 애를 먹거든. 사람은 습관대로 가기 마련이라, 실은 체질이란 것도 다 습관의 문제거든. 한쪽으로 습관을 익히면 고거이 체질로 굳혀지지. 생각도 마찬가지고잉."

큰스님의 설명을 들으며 전철역 개찰구에 이르렀을 때 삼례는 본의 아니게 그와 실랑이를 벌일 수밖에 없었다.

"아이 뭣하러 네가 인천까지 간다고 그래. 거기서 다시 서울로 오려면 두 시간은 족히 걸릴 텐데. 그냥 나 혼자 가면 된다잉."

인천까지 동행하려는 삼례를 한사코 말리던 큰스님이 "그래야 제 마음이 편할 것 같아서 그래요. 그리고 이 기회가 아니면 언제 큰스님 시봉을 해보겠어요"라는 삼례의 대꾸에 하는 수 없이 당신의 가방을 다시 넘겨준다. 그런데 덜렁대는 성격 탓에 전철역 안으로 이동하는 동안에도 삼례는 실수 연발이다. 급기야는 자신의 휴대폰을 바닥에 떨어뜨린 것도 모르고 있는 삼례에게 그것을 주워주기 위해 허리를 굽히던 큰스님이 한마디 한다.

"어째 니가 나를 시봉하는 게 아니라 내가 니를 시봉하는 것 같구나."

공휴일 저녁이라 지하철 안은 한산하다. 큰스님은 안경 너머로 지하철 한쪽에 설치된 전자 안내판에도, 신용불량자도 무조건 대출이 된다는 광고 포스터에도, 껌을 질겅질겅 씹어대며 사나운 눈빛을 던지는 맞은편 불량스런 사내에게도, 노약자석에 태연하게 앉아 사랑을 속삭이는 젊은이들에게도 관심 어린 눈길을 보낸다. 그러다 배가 불룩하게 부른 한 임산부에게로 시선이 머물렀다.

"임산부는 말이다잉, 특히 사마디samadhi와 사띠sati를 겸한 수행을 꼭 해야 되는 기라. 그게 얼마나 효과가 있냐 하면, 일단 산모는 순산하게 되고 건강하고 용모 단정한 아이가 나오거든. 열 달 동안 엄마가 수행한 게 아이한테 그대로 나오는 기라잉. 그렇게 나온 놈은 머리가 총명하고 지혜가 있지."

사띠念는 '알아차림', 사마디定는 '일정한 상태를 유지하는 것'을 뜻한다. 그런데 이 같은 수행을 하기 전에 상상으로 마음을 순수하고 밝게 만든 다음 수행을 해야 비로소 바른 수행으로 나갈 수 있다는 것이 큰스님의 지론이다. 모든 것의 기본은 '상상'에서 시작되기 때문이다.

"상상을 곱게 일으킨 후에 사띠를 해야지, 성이 나가지고 사띠를 하면 성난 게 집중이 되거든. 그러니까 마음을 깨끗하고 고요하게 가지고시래 밝게 만들어야 해. 야구할 때도 보면 공을 칠 때 너무 떠도 안되고 다른 한쪽으로 나가도 안되지 않간. 수행도 마찬가지라잉. 선하고 바른 쪽으로 방향을 맞춰 공을 때려야지, 어긋난 방향으로 때리면 결국 엉뚱한 방향으로 가기 마련인 기라. 또 무슨 일을 할 땐 일부러 용쓰며 하지 말고 집중을 해야 되는 기라잉. 말하자면 삼매三昧오직 하나의 대상에만 정신을 집중하는 경지에 가깝게 돼야 무얼 해도 피곤하지 않고 수월한 기라잉. 그러려면 일단 내가 편하고 좋은 생각을 가지고 있는지 살펴서 고럴 때 딱 하는 기라. 체조 선수들 뜀틀 할 때 보래이. 늘 하던 거래도 마음이 집중될 때 화다닥 뛰지 않간. 그래야 잘 되지, 그렇지 않을 때 뛰면 삐뚤로 가거나 자빠지는 기라잉."

  큰스님의 가르침은 누가 들어도 이해하기 쉽다. 그도 그럴 것이 운동 경기에 비유해 주기도 하고, 간단명료한 말로 가볍게 툭 던져주기도 한다. 때론 옛날이야기나 농담 속에 슬쩍 숨겨줄 때도 있다. 이런저런 방식으로 건네주는 그의 가르침은 알짜배기 통팥이 꾹꾹 눌려 담겨있는 단팥빵 같다. 엉겁결에 그 빵을 받아 야금야금 베어먹다 보면 야금야금 알게 된다. 그 단맛의 깊이와 영양가에 대해. 수행과 일상은 결코 동떨어진 게 아니라는 것도 이해하게 된다. 일머리를 알면 복잡하고 어려운 일도 쉽게 해나가듯 수행도 마찬가지이고, 또 수행의 원리를 일상에 적용하면 그 어떤 일도 효율적으로 처리할 수 있다는 것을 당신의 일상으로 보여주기 때문이다.

인천의 한 포교당에서 하룻밤 보낸 큰스님을 다시 만난 건 다음날 아침. 우선 한국에서 생활하다 누명을 쓰고 불이익을 당한 스리랑카 스님을 도와주기 위해 외국인 출입국사무소와 검찰청에 들른 후 성북 동으로 향한다. 그곳에서 한 스님의 점심공양 접대에 응한 후 길상사에 잠시 들러 그 옛날 법정 스님과 함께 성철 스님을 모시고 살던 시절을 회상해본다. 오후에는 봉은사 영암 스님의 추모식에 참석해 헌다獻茶와 헌화獻花를 한 다음 마지막 일정을 위해 삼청동으로 향한다.

"애야, 저거이 사철 담부쟁이 사이로 인동초를 저래 엥겨 놓으니까 참말로 멋지구나!"

어느 곳을 가든 누구를 만나든 친근하고 편하게 대하는 큰스님은 길목에서 만난 사철 담부쟁이에게도 오랜 친구라도 본 듯 반갑게 아는 체를 한다. 무엇보다 반가운 건 사철 담부쟁이 사이로 사이좋게 피어있는 인동초와 나팔꽃의 어우러짐이다. 바라만 봐도 정답다. 한때는 생각과 의견만 달리해도 너와 나를 가르거나 이른바 '빨갱이'라며 궁지에 몰아넣던 참담한 시절이 있었다.

사납고 흉흉했던 역사의 한가운데에서 모질고 험난한 시절을 보내야 했던 큰스님에겐 그와 같은 사연이 있다. 북한 군인으로 6·25전쟁에 참전했다가 출가한 이력 때문에 걸핏하면 모함을 받거나 안기부의 감시 대상이 되기도 했고, 처음 출가할 때는 선뜻 받아주는 절이 없어 여기저기에서 문전박대를 당해야 했다. 다른 출가자들은 겪지 않아도 될 시련과 고초를 겪어야 했던 그는 정작 "그거이 힘들 게 뭣이 있었간. 덕분에 재밌게 살았지"라며 여여한 표정을 짓는다. 그런 그이기에

종교와 종파가 다르든, 나라와 인종이 다르든 상관없이 화합과 평화를 위한 자리라면 어디든 간다. 그리고 순수한 믿음과 격려를 아끼지 않는다. 삼청동에서의 일정 또한 그런 취지로 마련된 자리라, 부산으로 돌아가기 직전까지 그는 무리한 일정을 마다하지 않는다.

삼청동의 행사가 끝난 후 저녁 공양 시간이 되었다. 행사장 테이블 위에는 비빔밥이 차려졌다. 하지만 오후불식을 하는 큰스님과, 그 뜻을 함께하기 위해 기꺼이 먼 걸음 한 그의 도반 앞에는 사이다가 한 캔씩 놓일 뿐이다. 시장기를 채우는 수행자들 속에서 말없이 자리를 지키고 있던 두 노장은 의좋게 사이다를 유리잔 가득 따라 부었다. 그리고 누가 먼저랄 것도 없이 유리잔에 흘러넘치는 사이다에 재빨리 입

을 가져다 댄다. 아마도 도반의 정이 익을 대로 익어 사소한 취향과 습
관까지 닮아버린 모양이다. 그런데 그렇게 아이처럼 천진하게 사이다
를 나눠 마시며 묵묵히 자리를 지키고 있는 그들의 속을 누가 알기는
할까. 소신껏 계율을 지키며 어느 자리에서든, 누구에게든 기꺼이 쓰
임이 되고자 하는 그 속을…….

직접 맛을 봐야 아는 장풍과 살구의 맛

진짜 큰스님 편 4

아무리 생각해도 삼례는 이번 상황만큼은 이해할 수 없었다. 처음 겪는 일은 아닌지라 당황스러울 건 없었지만, 처음 겪는 일이 아니기에 속에서 부아가 일어났다. 이번에도 큰스님은 먼 거리를 마다않고 부산에서 기차를 타고 혼자 서울로 납시었다. 한 비구니 스님이 운영하는 포교당에서 있을 천도재薦度齋에 참석하기 위해서다. 그런데 그 누구도 기차역에 마중조차 나오지 않았다. 큰스님은 분명 그 스님에게 이렇게 말씀했을 거라는 걸, 삼례는 이제 안 봐도 훤히 알 것 같다.

"기차가 알아서 데려다주고 전철이 알아서 데려다줄 긴데 뭣하러 마중을 나와. 그냥 혼자 가면 된다잉."

그래도 그렇지, 아흔도 넘은 노승을 먼 걸음 하게 해놓고 역에 마중

조차 나오지 않은 것이 삼례는 도무지 납득이 가지 않았다. 전철 안에서 삼례의 머릿속은 복잡하게 엉켜있었다. 큰스님의 자비가 너무 큰 것도 문제, 당신이 너무 큰 체를 하지 않는 것도 문제라는 생각까지 들었다. 그래서 어리석은 중생들에게 되레 홀대를 당한다는 생각에 화가 끓어오르다가도, 일전에 한 목사가 풀이한 금강경의 한 대목을 떠올리고는 다시 마음을 가라앉혔다. 그 책에는 '악과 선을 함께 버린 스님을 큰스님으로 풀이한다'라는 구절이 있었다. 삼례는 그 대목에서 고개를 끄덕였었다. 이분법적인 사고와 분별심으로 큰스님을 대했다가 낭패를 본 적이 한두 번이 아니었기 때문이다. 이분법적인 중생이 이분법을 벗어난 부처를 대할 때 일어나는 파장이란 어퍼컷에 돌려차기를 연달아 당하는 것과 같다고 할까.

'그러니까 큰스님이지 달리 큰스님이겠니. 그러니 더 이상 내 깜냥대로 생각하고 판단하지 말자.'

마치 시험에 들기라도 한 양, 하지만 이번만큼은 절대로 걸려들지 않으리라 단단히 마음먹고는 삼례는 불쑥불쑥 올라오는 화를 차분하게 삭이고 있었다. 그런데 목적지 역에 도착해서는 그 화가 다시 부글부글 끓어올랐다. 삼례는 적어도 큰스님을 초대한 비구니 스님이 당연히 인근 전철역엔 마중 나와 있으리라 기대했다. 그런데 그런 스님의 모습은 어디에도 보이질 않았다. 역 주변을 두리번거리고 있는 삼례에게 큰스님은 "옳지, 저쪽에서 택시를 잡으면 되겠구나"라며 태연하게 앞장섰다. 그런데 어느 방향에서 택시를 타야할지 몰라 잠시 머뭇거리던 그가 "일단 택시부터 타고 그 스님에게 전화 걸어 기사 양반을 바꿔주면 되겠구나"라고 말씀하실 때는 삼례의 머릿속에 잔뜩 쟁여져 있던 화가 결국 튀어나오고 말았다.

"스님, 저는 그 포교당 앞까지만 갈래요. 스님이 안에 들어가시는 것만 보고 집으로 돌아갈래요."

"아니 왜?"

"제 생각에 여자는 출가를 해도 소용없는 것 같아요. 그런데 이건 출가를 하고 안하고를 떠나 예의 문제잖아요. 기본적인 예의도 모르면서 출가는 해서 뭣해요. 차라리 자식 낳고 엄마가 돼야 철들지 몰라요. 부처님이 처음에 여자가 출가하는 걸 반대했다고 하던데 어쩌면 그런 이유에서였는지도 모르겠네요. 어쨌든 저는 포교당 입구까지만 가서 스님이 들어가시는 것만 보고 갈게요. 거기 스님을 뵈면 저도 모르게 한마디 나갈 것 같아서요."

잔뜩 뿔이 난 삼례는 기어코 꾹 눌러 참고 있던 말을 터트렸다. 계속 참고 있던 탓에 애꿎은 큰스님에게 성을 내기까지 했다. 그런데 꾸중 들을 각오로 한참을 지껄이던 삼례에게 그는 "지금부턴 그러지 않기로 하고 그냥 내랑 들어가자꾸나"라고만 한다. 순간 그의 말이 보드랍게 불어오는 순풍이 되어 살살 귓가를 간질였다. 거칠게 일던 파도가 찰랑찰랑 잔물결 치며 잠잠해지듯 마음이 그처럼 잔잔해졌다. 그런데 이번엔 앞자리 운전석에서 거친 바람이 훅 불어왔다.

"스님은 보아하니 조계종 승려는 아닌 것 같고, 어디 다른 종파인가보구랴?"

큰스님의 옷차림이 낯설고 이상하게 느껴졌는지 택시 기사가 퉁명

스럽게 물어왔다. 택시에 올라탈 때부터 불친절하고 못마땅한 표정이더니 말투도 시비를 걸어오듯 했다. 큰스님을 함부로 대하는 무례함에 삼례의 머리통은 다시 뜨겁게 달궈졌다. 그런데 큰스님은 평소보다 한층 더 온아하고 부드러운 태도와 입담으로 앞자리에도 솔솔 순풍을 불어넣는다.

"아이 조계종이고 어디이고 간에 제가 실력이 있어야 말이지요. 저는 원체 실력도 없고 바보 같은 중이래서리 아무데서고 데려가는 사람이 없다오."

큰스님의 따끈하고 익살스러운 장풍 앞에선 누구도 당할 재간이 없다. 삼례의 성난 마음도, 택시 기사의 거친 마음도 그가 자비롭고 겸허하게 쏘아대는 장풍 맛에 다시 고요해졌다. 그 맛을 톡톡히 본 것인지, 택시 기사는 포교당과 조금이라도 근접한 곳에 우리를 내려주기 위해 좁은 골목 안까지 들어가 이리저리 차를 돌려대느라 애쓰기까지 했다. 그런데 택시요금을 내려는 삼례를 만류하며 조그만 천지갑을 꺼내든 큰스님이 이번엔 또 다른 장풍을 날린다.

"네가 내면 미터기에 찍힌 요금대로만 줄게 아니네. 내가 내면 그보다 더 줄 긴데……."

큰스님과 택시에서 내려 포교당 마당으로 들어서니 현관문을 열어둔 채 한 비구니 스님이 부지런히 전을 부치고 있었다. 힐끔 문밖을 내다보면서도 아무런 기척이 없는 듯싶어 삼례는 일부러 목청을 크고 길게 뽑았다.

"큰스님 오셨습니다~"

그런 삼례에게 큰스님이 이내 농담하듯 제동을 걸어온다.

"누가 들으면 어디 원님이라도 납신 줄 알겠다잉."

한눈에 보아도 열악한 포교당 안은 천도재를 준비하기 위한 온갖 음식과 물건들로 번잡하게 어질러져 있었다. 그제야 삼례는 도무지 납득할 수 없었던 상황이 조금 이해가 됐다. 큰스님에게 삼배를 올린 비구니 스님은 과일을 내왔고, 한쪽으로 물러앉아 하던 일을 다시 이어갔다.

"살구가 벌써 나온 겐가?"

토마토, 파인애플, 사과 등 각종 과일이 담긴 접시에서 큰스님은 잘 익은 살구 하나를 골라잡았다. 먼 길 오느라 시장하셨을까, 아니면 수줍은 듯 고운 살구 빛깔 때문일까. 큰스님은 살구 서너 개를 금세 해치웠다.

"애야, 법문 중에 '수면암睡眠庵 법문'이라는 게 있는데 한번 들어보렴?"

큰스님이 자청해 그런 말씀을 할 때는 아마도 또 다른 장풍이 남아 있음이렷다. 삼례는 '드디어 올 것이 왔구나!' 하는 각오로 "네, 들려주세요"라며 순순히 법문을 청했다.

"예전에 말이다잉, 두 제자를 둔 노스님이 있었더랬지. 맏상좌는 먹기만 들입다 먹고 걸핏하면 잠만 자는 바보인데, 둘째 상좌는 인물도 참 잘났고 말도 잘하고 못하는 게 없이 무척 똑똑했단다. 그런데 사람들이 제자가 몇 명이냐고 물으면 노스님은 꼭 '한 개 반'이라고 한단

말이라. 그래 동생 스님이 생각하길, 아마도 사형이 게으름만 피고 바보 같으니까 사형을 반 개로 치는가보다 했지. 그러다 노스님이 돌아가시고 동생 스님이 나랏일을 돕는 국사國師로 임명받아 떠나게 됐거든. 그래 사형에게 인사를 하니까넨 '우리 인연은 여기서 끝인가 보네'라고 사형이 아쉬워하며 위급할 때 쓰라고 작은 주머니를 선물로 건네는 기라……."

이야기가 중반을 넘어설 무렵 발그레한 빛깔의 살구들은 한 알 한 알 큰스님의 배속으로 종적을 감추어갔다. 살구 하나를 다시 집어 든 큰스님은 살구를 베어 물며 이야기를 계속 이어갔다. 머지않아 불어닥칠 장풍을 내심 의식하면서도 큰스님이 살구를 하도 맛있게 드시는 통에 삼례는 그 맛이 자못 궁금해졌다. 살구를 맛본지 너무 오래되어 그 맛이 가물가물하기만 했다. 그런데도 선뜻 손이 가지질 않아, 큰스님이 열심히 드시는 모습만 멍하니 바라보며 귀를 쫑긋 세우고 있었다. 이야기는 무릇 동생 스님이 국사가 되고부터 나라가 태평성대를 이뤘고, 임금은 그것을 축하하기 위해 온 백성을 초대해 바다에 배를 띄어놓고 성대한 잔치를 열었더라는 내용으로 넘어갔다.

"아 그런데 갑자기 태풍이 몰아치더니 성난 파도에 사람들이 파리떼처럼 쓸려가지 않았간. 너무 위급한 상황이라 동생 스님은 옛날에 사형이 준 선물이라도 써봐야겠다고 생각했지. 그래 얼른 그 주머니를 열어 종이에 적혀있는 글을 읽었거든. 아이 그랬더니 파도가 쥐 죽은 듯 잠잠해지면서 태풍이 싹 가라앉는 기라잉. 그때 사형이 도인이라는 걸 알았지. 그러니까 노스님이 반 개로 친 놈은 사형이 아니라 자기였던 기라. 그래 부랴부랴 사형이 있는 암자를 찾아가지 않았간. 그런데 그곳엔 수풀만 무성하고 사형은 온데간데없었지."

그리하여 그곳에 암자를 다시 짓고 사형이 잠을 잤던 곳이기에 '수면암'이라고 이름 지었더라는 '수면암 법문'이 끝나자, 삼례의 마음은 꼭 눈앞의 살구마냥 붉어졌다. 마지막 살구 한 알을 남겨두고 큰스님은 나른한 표정을 지었다. 그러고는 "이제 잠깐 쉬어야겠구나"라며 방안으로 들어가 몸을 뉘였다. 그가 일부러 남겨놓은 것만 같은 살구를 물끄러미 바라보며 삼례는 생각했다. '나도 언젠가는 저 살구를 맛있게 먹고 싶다. 그래서 언젠가는 사람들에게 따끈한 장풍을 쏘고 싶다'라고……. 그나저나 큰스님의 이번 장풍은 정말 셌다!

'추리닝 노스님'의 고물 트럭과 만능 콩물

반전 노스님 편 1

그 노스님은 소문과 같이 승복 대신 허름한 추리닝을 입고 있었다. 삼례를 마중하기 위해 저수지 앞 네거리까지 손수 몰고 온 노스님의 트럭은 당신의 추리닝보다도 낡아서 굴러가는 것이 용할 정도였다. 트럭 문짝은 겨우 걸쳐져있고 부품은 여기저기 누렇게 부식되어 있었다. 창문의 유리는 흔적도 없는 상태여서 바람이 세차게 들어와도 그 모든 걸 고스란히 받아들일 수밖에 없는 기이한 트럭이었다. 삼례는 미얀마에 여행 갔을 때 보았던 고물 차들이 떠올랐다. 우리나라 같으면 벌써 폐차가 되고도 남았을 차들이 거리를 아무렇지 않게 질주하는 것을 보고 여행하는 내내 놀랐었는데, 그 차들이 노스님의 트럭에 비하면 차라리 양호한 편이었다.

기이한 것은 트럭만이 아니었다. 무릎이 툭 튀어나온 회색 추리 닝에 하얀 턱수염을 길게 늘어뜨린 노스님의 인상은 스님이라기 보단 마치 인근 산에서 내려온 짓궂은 신령 같았다. 체구는 무척 왜소 하고 말라 당장에라도 쓰러질 것만 같은데, 그런 분이 네 바퀴가 굴 러가는 것도 신기한 트럭을 멀쩡히 운전하는 모습에 삼례는 눈을 뗄 수 없었다.

"잠깐만 기다리소."

작은 구멍가게 앞에서 노스님은 트럭을 멈췄다. 그의 말대로 삼례 는 트럭에 가만히 앉은 채 가게 안쪽으로 시선을 돌렸다. 가게 쥔장에 게 "모처럼 손님이 와서"라는 말과 함께 먹을거리를 구입한 노스님은 검지를 혀끝에 대는 시늉을 하며 외상이라는 사인을 보냈다. 트럭이 구멍가게를 지나 언덕을 넘어섰을 때 삼례는 탄성을 질렀다. 커다란 호수와 함께 탁 트인 풍광이 눈앞에 한 폭의 수채화처럼 펼쳐졌다. 언 덕 아래만 하더라도 번잡스런 시내인데 바로 지척에 이토록 고즈넉하 고 아름다운 비경이 숨어있을 줄이야. 전혀 예상치 못한 일이었다.

"옛날엔 여기에서 절 앞까지 뗏목을 타고 다녔다우. 이젠 쓸모가 없어져 그 뗏목은 기념으로 절에 잘 모셔다 놨지."

노스님은 간간이 가이드 임무까지 완수하며 호수를 따라 트럭을 몰았다. 그렇게 이십 여분을 달렸을까. 어디든 문제없이 데려다줄 것 만 같던 트럭이 산길 끝에서 멈춰 섰다. 그새 정이 든 걸까, 이제부터 는 걸어가야 한다는 노스님 말에 삼례는 트럭에서 내리기가 내심 서 운한 생각까지 들었다.

거센 빗줄기와 비바람의 흔적으로 여기저기 움푹 팬 언덕을 오르기란 생각보다 쉽지 않았다. 몇 걸음 오르다가 멈춰서기를 반복하며 가쁜 숨을 몰아쉬는 노스님은 건강 상태가 그다지 좋아 보이지 않았다. 방금 전까지 고물 트럭을 활기차게 몰던 그 분이 맞는 건지 의심스러울 정도였다. 노스님이 기거하는 절은 당신이 걸친 추리닝만큼이나, 당신이 몰고 다니는 트럭만큼이나 볼품없고 초라했다. 법당 앞에 파놓은 물웅덩이 한가운데에는 노스님이 얘기했던 작은 뗏목이 띄워져 있고, 가건물로 얼기설기 지어진 법당은 쓰러지기 일보 직전이었다. 하지만 요사채 부엌과 목욕탕에서 흘러나오는 물줄기는 몸서리가 쳐질 만큼 시원하고 맑아 정신이 반짝 차려졌다.

절에 도착한 노스님은 그 물에 푹 불려둔 콩 몇 숟가락을 듬뿍 떠서 믹서기에 넣고 돌렸다. 노스님의 살림살이는 낡지 않은 것이 없었다. 온몸을 덜덜 떨며 돌아가는 믹서기도, 콩물이 그득 담긴 스테인리스 대접도, 거의 모든 살림살이가 길에 버려진 걸 주워왔거나 신도들이 쓰던 중고 물건들이었다. 하지만 낡은 것들의 품 안에서도 콩은 아무 일 없이 잘 갈려 푸지게 담겼다.

"자, 이 콩물 한 대접 쭉 들이켜 보소. 아주 좋아."

천마산 줄기에서 흘러나온 냉수에서 건진 콩을 막 갈아 만든 콩물은 그야말로 '명품 두유'가 따로 없었다. 콩을 싫어하는 삼례도 그 콩물의 찐하고 고소한 맛은 거부할 수 없어 단번에 들이켰다. 저녁마다 커다란 고무 다라이에 한가득 물을 받아 콩을 담가두는 것은 노스님이 잊지 않고 챙기는 일과 중 하나였다. 그렇게 하룻밤 꼬박 불려 만든 콩물은 노스님의 영양식이자 아침식사이며, 절에 찾아온 손님들에게 특별히 대접하는 건강음료가 되기도 한다. 남은 콩물을 마시며 삼례는 일전에 지인에게 들었던 노스님에 대한 소문을 떠올렸다.

"어떤 노스님이 계신데 당신이 기거하던 요사채에 불이 나서 승복이 몽땅 타버렸다나 봐. 그래서 한 신도가 시내 승복집에 모시고가 승복을 맞춰드렸는데, 나중에 노스님이 그 가게에 전화했다가 우연찮게 승복 가격을 알고 역정을 내셨다는 거야. 신도가 가장 저렴한 승복을 맞춰드린 건데도 승복이 그렇게 비쌀 이유가 없다면서 당장 주문을 취소하셨대."

그 후로는 줄곧 추리닝만 입고 지냈다는 노스님. 무소유를 실천하는 수행자들에 대한 그리움에서일까. 그러한 이유로, 혹은 호기심으로 움막 같은 노스님의 절을 찾는 이들은 삼례만이 아니었다. 승복 대신 추리닝을 입고 사는 노스님의 모습이 궁금한 세인들은 물론이고,

그가 우리나라 불교의 큰 등불로 추앙받는 고승高僧 경봉 스님 밑에서 어린 시절을 보낸 제자였다는 사실만으로도 그를 만나고자하는 이들도 있었다. 그를 찾는 또 다른 부류는 오래전에 췌장암 말기 진단을 받은 노스님이 대체 어떻게 지금까지도 멀쩡히 살 수 있는지에 대한 궁금증과 그 비법을 알고자하는 이들이었다. 자비로우면서도 괴팍하고, 괴팍하면서도 인정 넘치는 노스님은 나중에 삼례에게 이 같은 소리를 농담 삼아 하곤 했다.

"왜 한 입 베어 먹다가 버린 사과 있잖여. 그 마크로 유명한 회사에 무슨 잡스인지, 잡서인지 하는 놈 말여. 그 머리 좋고 돈 많고 유명한 놈도 췌장암엔 당할 재간이 없어 세상을 떴는데, 아직도 난 멀쩡히 살아있으니까 내가 그놈보단 실력이 더 낫지 않우."(웃음)

노스님 말대로 '잡스보다 잘난' 스님이 만들어준 콩물은 그 고소함이 어찌나 짙고 강한지 비릿함마저 감돌았다. 대접 바닥에 걸쭉하게 남아있는 진액까지 들이킬 자신은 차마 나질 않아 망설이고 있는 삼례에게 노스님은 보여줄 것이 있다며 방안으로 안내했다.

"여기 승복들 좀 보소. 황금색에 오렌지색에 색색별로 다 있다우. 멋지지 않소? 내가 바느질해서 만든 것들이라네."

노스님의 옷장에는 승복과는 전혀 어울리지도 않는 화려한 색감과 문양의 승복들이 색깔별로 걸려있었다. 역시 소문이란 과장되고 믿을 게 못 되는 걸까. 삼례는 다소 실망스럽고 당황스러웠다.

"이렇게 승복들이 많은데 스님은 왜 추리닝만 입고 다니세요?"

"아까워서. 특별히 외출할 일이 있을 때만 입는다네."

"그런데 이렇게 바느질을 잘하시면서 왜 회색 승복은 만들지 않으셨나요?"

삼례의 질문 공세에 노스님은 짓궂은 듯하면서도 진지하게 답했다.

"추리닝은 왜 승복이 아니겠나. 이것도 승복이라면 승복일세. 요즘은 사람들이 멀쩡한 것도 내다버리는 게 많아. 길 가다 보면 어떨 땐 좋은 천들도 버려져있지. 근데 회색 천이 버려져있는 건 아직까지 못 봤다우."

그러면서 그는 어디선가 또 다른 스타일의 옷을 가져와 삼례에게 보여주며 자랑을 했다.

"이건 아랫마을 병원에서 가져온 환자복인데 여러 벌 있다네. 잠옷으로 입으면 그렇게 편할 수 없어. 세상 가장 편하고 좋은 옷이지. 자네도 한번 입어봐. 얼마나 좋은지 몰러."

"네? 환자복이 가장 편하고 좋은 옷이라고요? 어째서요?"

노스님은 그 이유를 설명하는 대신 극구 사양하는 삼례에게 기어코 환자복을 한 벌 들려주며 이렇게 권했다.

"일단 입어봐. 입어보면 알게 돼." (웃음)

각자 합시다

반전 노스님 편 2

이른 아침, 청량하게 펼쳐진 호숫가 옆 언덕을 올라서니 저 멀리로 노스님이 보인다. 추리닝이 승복이 되고 환자복이 잠옷이 되는, 애당초 고정관념이란 것이 없는 그가 아직 환자복 차림인 걸 보면 방금 전에 깨어나신 게 분명하다고 삼례는 생각했다. 평소 노스님의 식습관 대로면 아침 식사를 하기에도 한참 이른 시각인데다 콩물 한 대접이면 그만인 그가 웬일일까. 사전에 기별한 적도 없건만 텃밭에 나와 앉아 채소를 따며 손님 맞을 채비를 하고 있다. 삼례의 갑작스런 방문에도 노스님은 놀란 기색은커녕 기다렸다는 듯 "어서 오소"라는 인사말만 던져놓고 아침밥을 지어주기 위해 후딱 요사채 공양간 안으로 들어간다.

추리닝 노스님의 요리 실력은 무어라 설명하기 어렵다. 쿵푸의 취권 같다고나 할까. 설렁설렁 마음 내키는 대로 대충 하는 것처럼 보이는데도 어떤 법도를 따르는 듯하고 한편 그것에 달관한 듯 자유롭다. 노스님은 가지나물부터 준비한다. 일단 삶은 가지에 고추와 양파를 갈아 양념장을 만들어 넣은 후 소금을 친다. 그래도 간이 부족하다 싶은지 간장에 된장까지 섞어 넣고 고소한 참기름을 아낌없이 쏟아 붓는다. 이젠 손맛을 살려 고루 무치기만 하면 될 텐데, 어느 샌가 노스님의 손엔 기다란 젓가락이 들려있다. 예상치 못한 반전이다.

"스님, 나물은 손으로 무쳐야 제맛 아닌가요?"

삼례의 질문에 노스님의 답은 간결하다.

"손이든 젓가락이든 아무럼 어떠우."

그런데 비듬나물을 무칠 때는 얘기가 달라진다. 이번엔 손맛이다.

노스님은 들고 있던 젓가락을 내려놓고 한 손에 비밀장갑을 낀다.

"아, 비듬나물은 무르지 않으니까 손으로 무치고, 가지나물은 쉽게 무르니까 젓가락으로 살살 버무려야 되겠군요."

이번에도 노스님의 답은 간결하다.

"그렇지!"

구구한 설명 따위는 일절 취급도 하지 않는 데다, 질문에 대한 답도 좀처럼 알려주지 않는 대신 스스로 알아서 추리하고 깨닫게 하는 노스님과의 요리 시간은 의외로 흥미진진하다. 취권 같은 요리 과정을 찬찬히 관찰하다보면 구태여 알려주지 않아도 답이 아스라이 떠오른다.

그러고 보니 노스님의 또 다른 특징이 있다. 삼례가 예상하거나 기대한 대로 답한 적이 단 한 번도 없다는 것이다. 언제나 예측불허다. 배가 고프면 먹고, 배가 고프지 않으면 먹지 않는 그의 식습관처럼 화법도 내키는 대로다. 때론 간결하고 명쾌하게, 때론 호랑이 담배 피우던 시절까지 거슬러 올라가 구구절절 장황하게, 또 때론 위트 넘치는 개그 감성과 입담으로 배꼽을 잡게 한다. 그러나 정해진 것 없이 변화무쌍한 그에게도 언제나 한결같은 것은 밥 인심이다. 절에 찾아온 손님들을 위해 손수 밥을 짓고 밥상을 차릴 때만큼은 손님을 왕으로 모시는 모범 식당의 쥔장이 된다. 밥공기도 되고 국그릇도 되고 때론 물그릇에 반찬통도 되는 만능 스테인리스 대접에 김이 모락모락 나는 쌀밥을 가득 퍼 담아 주면서 끊어지려야 끊어질 수 없는 중생들에 대한 각별한 정을 듬뿍 얹어준다.

　"많이 먹어요, 많이. 절에 쌀은 많으니깐. 어떨 땐 쌀이 남아돌아 아랫동네 사람들에게 가져다줄 정도야."

　"네, 여기 신도들은 주로 쌀을 많이 시주하는가 보네요."

　"아니. 내가 동네를 돌아다니면서 얻어온다우."

　예상치 못한 스님의 답에 삼례는 다소 멋쩍은 생각이 들어 된장찌개로 화제를 돌려본다.

　"스님, 그런데 된장찌개가 정말 구수하고 맛있어요. 된장도 직접 담그시나 봐요."

　"아니."

　"아, 그럼 신도들이 담가 가져다준 거군요. 된장 맛이 정말 깊어요."

　"아니. 아랫마을 슈퍼에서 사 온 된장이라우."

　구수한 쌀밥과 된장찌개 맛에 반해 잠깐 방심한 탓에 삼례는 노스님의 예측불허, 기대 이하의 답변에 연달아 걸려들고 만다.

　추리닝 노스님의 절간은 참 고요하지도 못하다. 지하수를 끌어올리는 발전기 소리가 백그라운드 음악처럼 깔리는 가운데, 염불 테이프와 TV 소리가 항시 절 안팎을 시끄럽게 채운다. 노스님은 무엇보다 TV 시청을 즐긴다. 그야말로 TV 덕후다. 그만큼 세인들 일에 관심이 많다. 그가 단골로 시청하는 채널은 정해져 있지 않다. 스포츠 중계를 들었다가 뉴스를 듣기도 하고 다큐멘터리, 토크쇼, 드라마 등 세인들의 삶과 세상 돌아가는 일을 보여주는 채널이면 무엇이든 시청한다.

가난이 오히려 풍요롭게 느껴지는 노스님의 움막 같은 절에는 이런저런 소문을 듣고 찾아오는 이들의 발길이 끊이지 않는다. 그들 중에는 노스님의 은사인 경봉 스님에 대한 이야기를 듣고자 찾아오는 이들도 적지 않다. 어린아이 때부터 청년기까지 경봉 스님 밑에서 자란 노스님에게 '경봉'이라는 이름은 다가서기 어려운 스승이라기보다 그리움 절절한 부모에 가깝다.

"열대여섯 살쯤이었나, 스님이 큰 절로 자꾸 심부름을 시켜요. 암자에서 통도사 큰 절까지 왔다 갔다 하려면 족히 한 시간은 걸리는데 더운 여름에 계속 심부름을 하려니 얼마나 힘들어. 그래서 하루는 그랬지. '스님, 각자 합시다.' 그랬더니 스님이 '요놈' 하는 눈초리로 쳐다보시더니 그 이튿날까지 한마디 말씀도 안 하시더라고. 평소엔 내가 종알종알 말을 많이 하는데, 그땐 나도 아무 말 않고 지냈지. 그런데 그 다음 날 스님이 그래요. '그래, 이젠 각자 하자. 네 얘길 듣고 생각해보니 각자 하는 게 맞다.' 그런 일이 있고부터 스님이 사적인 심부름은 하나도 안 시켰어요. 그전까진 보살들이 양말까지 빨아 다림질해서 챙겨드렸는데 그 후론 그런 것도 일절 끊고 당신이 손수 다 하셨어요. 그래서 지금까지 나도 그렇게 한다우. 내 힘만으로는 할 수 없어 도움이 필요한 건 어쩔 수 없지만 그렇지 않은 일들은 더디더라도 끝까지 혼자 해요. 내 입으로 했던 얘기니까 책임을 져야지……."

스승이기 이전에 부모와 같은 은사에게 볼멘소리로 했던 그 말은 그토록 무거운 책임과 가르침으로 남겨졌고, 그러한 일화는 이젠 호랑이 담배 피우던 시절의 것으로 남겨졌다.

추리닝 노스님의 절에 밤이 찾아들었다. 보름이 가까워진 건지 휘영청 밝은 달이 떴다. 하루 종일 물을 퍼올리느라 고단했던 발전기 소리도, 온갖 세상 소식 전하느라 쉴 새 없던 TV 소리도 잠잠해졌으니 이젠 좀 고요한 산중이 되려나. 천만의 말씀! 잠시 방심한 탓에 삼례의 기대는 여지없이 또 무너진다.

"연분~홍 치마~가 봄바람에~"

이번엔 추리닝 노스님의 애창곡이 절간을 그득하게 메운다. 오늘은 오래전 떠난 님이 유독 그리운 밤이려나 보다.

쑥절편 한 반대기 챙겨든 어느 날

불현듯, 여행편 1

　적당히 흐리고 적당히 맑아서 참 좋은 날이다. 대수롭지 않은 일에도 산란하고 분주했던 마음이 모처럼 차분해지는 것은 이러한 날씨 덕분일 테다. 누군가 자신의 성냄이나 슬픔을 공감해줄 때 그 감정이 조금은 덜어지며 위안되듯, 그런 마음을 대변해 주기라도 하는 양 흐려졌다 맑아지고 맑아졌다 흐려지는 변덕 많은 날씨가 그래서 삼례는 마음에 든다.

　사실 이런 날은 여행을 떠나기에도 안성맞춤이다. 소풍이나 여행을 떠날 때 사람들은 흔히 화창하고 맑은 날을 선호하지만 때때로 그 취향을 바꾸어볼 필요가 있다. 화창한 날에 떠나는 여행에서는 결코 느낄 수 없는 것을, 결코 겪을 수 없는 것을 경험하게 되기 때문이다.

그런 경험이 굳이 왜 필요하냐고? 늘 하던 대로만 하고 살면 무슨 재미인가. 왜 그렇게 살아야 하는가…….

새로움은 사실 환영할만한 것이 못된다. 두려움과 불안함이 따르는 까닭에서다. 익숙함이 주는 편안함 속에 낯선 새로움이 불쑥 끼어드는 것은 여간 불편한 일이 아니다. 그러나 그 불편한 것을 종종 일상으로 초대하는 것은 의외로 중요한, 삶의 임무일 수 있다. 곧 비를 흩뿌릴지도 모를 하늘을 보고도 삼례가 무박의 여행을 감행한 것도 그러한 의도였는지 모른다. 그런데 오후 느지막이 비가 올 거라는 일기예보를 듣고도 떠난다는 사실에 마음이 들떠 우산을 챙기는 것을 잊고 말았다.

목적지인 운길산역에 내리니 하늘은 더욱 낮게 가라앉아 있었다. 언젠가 꼭 한번 가보고 싶었던 절, 수종사로 향하는 삼례의 발걸음이 다급해졌다. 절 입구에서 십여 분 정도 산길을 올라 조그마한 일주문 앞에 다다르니 드디어 빗방울이 떨어지기 시작했다. 모자와 윈드점퍼를 챙겨와 그나마 다행이었다. 궂은 날씨에도 우산을 받쳐 든 한 부부가 장성한 두 딸을 데리고 앞서가고 있었다. 그런데 그 일가족이 사천왕문四天王門 앞에 이르러서는 잠시 귀여운 실랑이를 벌인다.

"엄마, 우리는 여기까지만. 여기서 쉬고 있을게 아빠랑 둘이 다녀오세요."

"어머, 얘네들이 지금 무슨 소리야! 여기 문에 일단 들어섰으면 어쩔 수 없어. 무조건 절 안까지 가야 되는 거야."

순진하고 착한 두 딸은 '사천왕문에 들어서면 무조건 절까지 올라가야 된다'는 엄마의 다분히 임기응변적인 법칙에 따라 더 이상 대꾸도 못하고 사천왕문을 지나쳐간다. 네 방향을 상징하고 법法과 가람伽藍을 수호한다는 사천왕. 그들의 무시무시한 표정이나 법당 안을 울긋불긋하게 장식한 불화들이 도무지 마음에 들지 않아 절에 가기 싫어하던 어린 시절이 있었는데……. 사천왕문을 지나치며 삼례는 더 이상 자신이 사천왕 앞에서도 무서워할 줄 모르는 어른이 되었다는 사실에 왠지 씁쓸하다.

수종사로 가는 길은 숨이 차지 않을 만큼 완만했다. 그러한 산길을 따라 조금 더 올라가니 그 댓가는 과분할 정도로 펼쳐졌다. 가장 으뜸은 경내 아래로 펼쳐진 전망인데, 커다란 통유리 너머로 그러한 풍광을 가득 담고 있는 차茶방보다 더욱 마음이 끌리는 곳은 차방 옆 툇마루다. 그곳에 걸터앉아 발치 아래 황송하게 펼쳐진 장관을 그저 넋 놓고 바라만 봐도 무상무념無想無念이 절로 든다. 몇백 년은 족히 돼 보이는 은행나무 아래 벤치도 명당이 아닐 수 없다. 그 어떤 망상도 욕심도 하찮게만 여겨지는 그곳에선 자판기 커피만으로도 쌍계사의 녹차가 결코 아쉽지 않은 다선茶禪이 되고도 남는다.

궂은비로 인해 산사의 운치는 오히려 더 살아나는듯하다. 산사의

빗소리는 확실히 남다른 데가 있다. 숲과 어우러지는 빗소리에 귀 기
울이다 보면, 자연이 지어내는 화음에 마음이 트이고 어느새 그 인연
의 소리에까지 가닿는다. 절에 와서 땡강거리는 풍경소리를 듣지 못
하면 여간 서운한 일이 아닌데, 마침 바람도 알맞게 불어준 덕에 청아
한 그 소리도 배가 터지도록 듣는다. 그럼에도 이놈의 배꼽시계가 문
제다. 밥때만 되면 어김없이 어디에서든 신호를 보내오니 말이다. 하

지만 걱정할 건 없다. 역전 떡가게에서 단돈 2천원에 산 쑥절편이 있지 않나. 발치 아래 펼쳐진 풍광이 이미 푸짐한지라 쑥절편 한 덩어리에 자판기 커피 한 잔으로도 성찬이 되기에 모자람이 없다. 그런데 웬 노스님 한 분이 지나쳐가다 삼례에게 다가와 말을 걸어온다.

"가십시다. 공양하러. 밥 때 여기까지 와서 그냥 가면 안 되지."

걸걸한 목소리의 노스님은 경내에서 공사 중인 일꾼들을 대할 때나, 공양간에서 일하는 보살들을 대할 때나 허물이 없다. 노스님을 따라 들어간 공양간 창문 아래로도 남한강과 북한강이 아름답게 어우러진 풍경이 한상 떡 벌어지게 차려져 있다.

저녁 공양을 마치고 경내로 나오니, 날이 성큼 어둑해진데다 빗줄기도 제법 거칠어졌다. 공양을 먼저 끝마친 노스님이 요사채 툇마루에 묵묵히 걸터앉아 있다가 삼례를 보더니 그 옆자리를 슬쩍 내보이며 손짓한다.

폐렴으로 두 번이나 중환자실에 입원했었다는 노스님은 수종사에 온 이후로 절의 보살들에게 왕따 당하는 게 싫어 상相을 던져버렸다고 한다. "보살 없이는 내가 못살겠소"라는 말을 한 번씩 안겨줘야 인기를 유지할 수 있다며 그 비결까지 귀띔해 준다.

"이상한 게 말이지, 뭔가 낌새가 안 좋다 싶으면 일단 병원을 가는가요. 갈 때는 혼자 차까지 운전해서 잘 간단 말이지. 그런데 환자복을 갈아입은 다음부터는 기억이 없어. 두 번 모두 그랬어. 그 덕에 돌아가신 어머님도 만났는데, 좋은 곳에서 세월 좋게 지내고 계십디다."

효심이 남달리 지극해 보이는 노스님은 꿈속에서 어머니를 만난

사연을 구수한 옛날이야기처럼 들려준다.

"병상 중에 꿈 아닌 꿈을 꾸었는데, 어딘지도 알 수 없는 좋은 곳에서 화단에 물을 주고 있는 어머니를 만났다오. 그래서 내가 '어머니, 여기가 어디요? 아주 팔자 좋으시다'라고 그랬지. 그랬더니 어머니 하는 말이 '내 주제에 여기서 이런 일을 할 수도 없는데 스님하고 절에 살면서 밥 지어준 공덕으로 이런 일도 하는 거요' 하는 거야. 그러면서 여길 뭣하러 벌써 왔냐며 어여 돌아가라고 쫓았지……"

노스님의 거방진 입담에 삼례는 날이 저물든지 말든지, 빗줄기가 거세지든지 말든지 걱정도 없어져 이젠 아예 "스님, 여기 방 사정이 어때요? 아무 때나 와서 자고 갈 수도 있나요?"라고 넙죽 물었다. 노스님은 성품만큼이나 걸걸하고 허물없는 말투로 "여기도 방, 저기도

방, 널린 게 방이야"라며 무심한 듯 답한다. 그리고는 왜 수종사를 '수종사'라고 했는지에 대한 유래에서부터 땔감 해오기 3년, 밥 짓기 3년, 염불 외우기 3년까지 도합 9년간이나 해야 했던 행자 생활과 은사의 몸에서 이를 잡아주던 기억까지 솔솔 풀어놓더니 "그런데 요즘 제자라는 놈들은 아주 스승을 잡아먹어요"라며 껄껄 웃는다.

"여기 나랏일 한다는 양반들이 종종 올라와. 그때마다 그냥 나한전에 올라가 108배나 하고 가라 하지. 정치인들도 문제지만 중들도 문제야. 중들만큼 상相이 강한 사람들도 없어. 스님들부터 하심下心해야지, 본인부터 하심이 안됐는데 누굴 보고 하심하라고 가르칠 거야."

절집 인심도 프로그램화되어 각박해지는 세상에서 선성仙聖다운 어른은 고사하고 이젠 밥 인심, 방 인심 후한 절도 드물어졌다. 그래서 삼례는 뭐니 뭐니 해도 지나가는 객에게 인심 후한 절이 제일로 좋다. 후줄근한 차림의 객일수록 더 좋은 방을 내주고 따뜻한 밥이라도 한 술 더 푸지게 얹어주는 곳 말이다.

이젠 빗줄기가 그칠 줄 몰라 갈 길을 재촉하는 삼례에게 노스님이 "사람들이 집어들 가서 우산이 없어"라며 어디선가 낡은 우산 하나를 구해와 건넨다. 예의 괜찮다며 거절하는 삼례에게 굳이 우산을 들려주고는 빗속으로 등을 훅 떠다민다. 한쪽 살이 부러진 우산을 받쳐 들고 수종사를 내려오는 내내 삼례는 입이 자꾸만 귀에 걸린다. 맛난 경치에 따뜻한 밥에 귀한 이야기 선물도 모자라 어른다운 어른까지 뵈었으니 말이다. 그리고 이렇게 비를 피할 우산도 구했으니 말이다.

바야흐로 방황의 시절에

불현듯, 여행편2

현실보다 더 현실 같은 꿈을 몇 차례 꾸었다. 처음 그 꿈을 꾸었을 때 삼례는 잠에서 깨어서도 그대로 누워 거의 한나절을 보냈다. 행여 꿈같지 않은 그 꿈이 한낱 꿈으로 잊힐까봐서…….

그 꿈에 대해 제대로 해석해줄 수 있는 이는 아무도 없었다. 사람들은 그저 "평소 너의 바람이 간절해서 그런 꿈을 꾼 거겠지" 혹은 "꿈은 단지 꿈일 뿐이야"라고 말해줄 뿐이었다.

해몽 전문가인 지인의 답은 조금 달랐다. 그는 꿈에서 만난 그분을 삼례가 평소 알고 지내는 스님으로 풀이했다. 꿈은 상징의 체계이고, 꿈의 해석은 그런 상징의 풀이이므로 어느 정도는 납득이 가는 해석이었다. 그러나 그것만으로는 부족했다. 꿈속의 그분은 평소 삼례가 궁금해했던 당신의 일상을 여실히 보여주었고, 삼례에게 필요한 조언과 함께 시자스님을 불러 이상한 춤사위를 추게 했다. 그 춤사위가 '밀무Tantric Dance'라는 사실을 알게 된 것은 그 꿈을 꾸고 몇 년이 지나서였다.

삼례가 벼르고 벼르다 다람살라까지 가게 된 것은 그 꿈의 영향이 컸다. 아니 어쩌면 순전히 그 꿈 때문이었는지 모른다. 꿈에 대한 확인 내지는 꿈의 실체를 명확히 알고 싶었다. 그가 다람살라에 있는 기간은 일 년 중 몇 달도 되지 않기 때문에 그분의 일정을 사전에 확인한 후 여행 일자를 잡으라는 지인의 조언도 무시한 채 아무런 날을 택해 다람살라로 떠난 것도 그런 연유에서였다. 그런데 인도에 도착한 날, 공항으로 마중 나온 지인인 티베트 스님들이 삼례에게 이렇게 말하며 갈 길부터 재촉했다.

"내일부터 3일 동안 존자님달라이 라마 법회가 있어요. 원래는 예정에 없었는데 중국인들과 인도인들의 요청으로 중도中道에 관한 법문이 갑자기 잡혔죠. 그래서 오늘 저녁 바로 다람살라로 출발해야 해요."

버스가 심하게 덜컹거리는 바람에 눈을 떴을 때 버스는 가파른 산길을 한참 올라가고 있었다. 다람살라가 얼마 남지 않았다는 것을 잠결에도 알 수 있었다. 그런데 자신도 모르는 알 수 없는 감정에 복받쳐 눈시울이 붉어지는 것을 느끼며 삼례는 당황했다. 자신을 태운 버스가 깊이를 가늠할 수 없는 어떤 거대한 마음 안으로 들어가는 것처럼 느껴졌다. 일찍이 들은 바 있지만 잊고 있었던 그 일화가 불현듯 떠올랐다. 그것은 달라이 라마가 다람살라를 망명지로 정하게 된 배경에 대한 것이었다. 추운 산악지대에서 생활한 티베트 민족을 위해 인도에서 티베트와 가장 흡사한 기후와 환경을 지닌 다람살라를 망명지로 정했다는 그 일화가, 자신이 꾸었던 꿈처럼 꿈 아닌 현실로 다가오듯했다. 버스가 덜컹거릴수록 그 거대한 마음이 무엇인지 알 것 같아서, 그 마음의 무게를 가늠조차 할 수 없어서 삼례는 결국 눈물을 참지 못했다.

"달라이 라마께서 어째서 음식을 구하러 온 스님들을 그냥 돌려보낸 건지 처음엔 혼란스럽고 이해할 수 없었어요. 그분은 자비의 화신이고, 그래서 티베트 사람들이 관세음보살로 여기는 분이잖아요. 그런데 달라이 라마께선 분명 스님들에게 "당신들에게 줄 것은 아무 것도 없소"라고 단호하고 냉정하게 말씀하셨죠."

꿈속에서도 삼례는 그 장면이 놀랍고 의아스러워, 탁발을 하러 왔다가 거절당하고 돌아서가는 스님들을 안쓰러워하며 창문 너머로 한참 동안을 지켜보았다. 그런데 그들은 수행자라기보다 수행자라는 신분을 이용해 당연한 듯 음식과 물건을 구하러 다니는 부랑자들에 가까웠다. 삼례가 그런 꿈의 일부를 털어놓자, 그 이야기를 듣고 있던 스님은 "진짜 자비로우시구면"이라며 고개를 끄떡였다. 스님의 그 한마디에 삼례는 알 것 같았다. 또 다른 형태의 자비에 대해……

삼례가 이 스님을 만나게 된 건 다람살라를 떠나기 이틀 전쯤이었다. 유학생활 중인 한 스님이 "다람살라에 왔으면 이 분만큼은 만나고 가는 것이 좋은데 어제 마침 유럽에서 돌아오셨다"며 연락처를 준 것이 계기가 되었다. 사실 이 스님에 대한 기사를 예전에 한 일간지에서 읽고 삼례는 어쩌면 이 분이 자신의 꿈에 대해 명확히 설명해줄 수 있을지도 모른다고 생각한 적이 있었다. 그 기사는 수십 년간 달라이 라마 곁에 머물며 수행한 한국인 승려, 청전 스님에 관한 것으로 그가 히말라야의 성산 카일라스로 고행을 떠났을 때의 경험담이 실려있었다. 당시 그는 꿈인지 생시인지 알 수 없는 상황에서 천상계에 있는 불교의 역사적 스승들을 만나 뵈었다고 했다. 그 현상이 무엇인지 알고 싶어 다람살라로 돌아오자마자 스승인 달라이 라마를 찾아갔는데, 자신이 묻기도 전에 달라이 라마가 "당신이 본 것은 꿈이 아니라 실제입니다"라고 답해주었다는 내용이었다.

"꿈이 뭐요? 꿈에 대해서라면 프로이트나 융이 연구해놨으니 스위스나 독일로 가야지, 어째 여기까지 왔소?"

손님이 찾아오면 함께 마시려고 아껴둔다는 커피를 내리며 청전 스님이 이렇게 반문했을 때 삼례는 속으로 생각했다. 아차, 번지수를 또 잘못 찾았구나!

　"자꾸만 이게 꿈인 것 같아요……. 그런데 그렇다면, 잠들어서 꾸는 꿈은 또 뭔가요? 그건 실제인가요?"

　"몸에 녹아든 의식의 일부죠. 지금 이게 꿈인 걸 자각할 때 깨달음으로 들어가요. 지금 여기에 속지 않아요. 지금 여기 이 자리에서 보이는 모든 것이 영원한 게 있나요? 불법은 상호 의존해서 존재하는 연기법이요. 그렇다면 우리가 해야 될 건 꿈꾸는 주체인 의식을 규명하는 거예요. 그게 '나'를 아는 거예요. 윤회하지 않는 나를 아는 거, 니르바나를 얻어 윤회에서 벗어나는 거……. 존자님은 그걸 성취한 분이라 꿈을 꿔도 꿈인 줄 알고 의식의 유희에 빠지지 않고 컨트롤하죠. 몸만 주무실 뿐 '드림 요가Dream Yoga'로 또 다른 일을 하고 다니신다오."

　스님이 내려준 커피의 향처럼, 믿기 어려운 그 이야기가 그윽하면서도 짙게 흘러 들어왔다. 삼례는 다시 생각했다. 이번엔 번지수를 제대로 찾았구나!

　"만일 존자님이 당신에게 간다면 비행기를 타고 가는 방법 외에 의식으로 가는 길이 있다오. 그러나 당신이 존자님을 만나 정말 내게 오셨는지 물어본다면 그렇다고 말씀하진 않을 거예요. 오히려 당신 나라에 가고 싶어도 비자가 허락되지 않고 당신 집이 어딘지도 모르는데 어떻게 가겠냐고 하실 테죠. 꿈에는 개꿈도 있지만 예견과 법을 나투는 꿈이 있다오. 그럴 수밖에 없는 게 여기에선 시간과 모든 것이 인연으로 존재되지만, 절대 의식의 차원에선 물질계를 초월하죠. 다른 종교에는 없는 것이 티베트 불교에 있어요. 융이 〈티베트 사자의 서〉를 읽고 깜짝 놀랐던 것도 그 때문이죠. 우린 겨우 잠재의식을 얘기하지만 불교와 힌두교에선 8식과 9식까지 이야기하니까요."

수행을 통한 의식의 규명. 그것이 수행의 이유이며 목표라는 것을 재차 강조하는 스님의 이야기를 듣다보니 삼례는 조금 알 것도 같았다. 자신이 찾아야 될 것은 꿈의 실체가 아니라, 꿈꾸는 실체라는 것을…….

"그렇다면 그 의식을 규명하려면 어떻게 해야 하나요?"

"그건 행동으로 오는 거요. 그래서 남을 배려해야 해요. 행복을 원한다면 의식에 속지 않고 자기 자리에서 행복해야 해요. 당신은 지금 방황하는 중이지만 그 방황이 곧 수행이죠. 큰 방황을 하지 않으면 절대진리絶對眞理에 들어갈 수 없어요. 방황이 없다면 예수도 없고 부처도 없다오. 그런데 사람들은 그들의 깨달음만 중시하지, 깨달음 이전의 방황에는 관심두지 않아요."

누구에게나 방황의 시간이 온다. 바야흐로 방황의 시간에 삼례는 꿈을 꾸었고, 그 꿈을 찾아 다람살라까지 갔다. 물론 그 꿈이 혹자의 분석대로라면 평소 자신의 바람이 꿈으로 표출되었을 일이라. 그도 그럴 것이 삼례는 오래 전부터 달라이 라마의 일상을 무척 궁금해했고, 그의 저서들을 통해 혹은 그를 친견한 사람들의 경험담을 통해 그의 이야기를 들으며 꼭 한번 뵙기를 소망했었다. 그러나 정작 다람살라까지 가서는 굳이 그러기 위해 애쓰지 않았다. 그곳에는 달라이 라

마 곁에 머물기 위해 목숨 걸고 히말라야를 넘어온 이들이 대부분이
었고, 그의 법문을 가까이에서 듣고 친견하고자 생애 마지막이 될 수
있는 먼 순례길을 떠나온 이들도 있었다. 그들의 간절하고 오랜 서원
앞에서 자신의 바람은 무척이나 가볍고 경솔한 것이 되었다. 또 달라
이 라마를 만나지 못하고 돌아간들 이 여행의 의미는 이미 충분하다
고 삼례는 생각했다. 방황의 시절에, 방황을 했으므로…….

　다람살라에서 좀 더 머물다가라는 청전 스님의 권유도 사양하고
일정대로 그곳을 떠나기로 한 날, 티베트의 분신 희생자들을 위한 천
도재가 전날 갑자기 잡힌 것도 모르고 삼례는 마지막 참배를 위해 남
걀 사원을 찾았다. 사원 입구에서 가방을 단속하고 평소보다 많은 사
람들이 경내에 착석해있었지만 그때까지도 삼례는 그날 일정을 전혀
눈치채지 못한 채 근처 찻집에서 받아온 짜이를 홀짝이며 법당 창문
가로 유유히 걸어갔다. 그런데 평소 노란 천으로 덮여있던 달라이 라
마의 의자에 누군가 앉아있는 게 아닌가. '달라이 라마도 아닌 누가 대
체 저 의자에 앉을 수 있는 거지?'라고 의아하게 생각한 삼례는 그곳
을 한참 주시했다. 그러다 자신도 모르게 외쳤다.

　"오 마이 갓!"

　컵을 당장 바닥에 내려놓고 삼배를 올리고도 믿기지 않아 삼례는
경호원이 그만 물러나라는 신호를 보내는 것도 모르고 계속 멍하니
서있었다. 금강저金剛杵불교의식에 사용되는 용구와 종을 든 그가, 꿈속의 그
가 바로 거기 그렇게 앉아 기도를 올리고 있었다.

2장

밭농사

시봉侍奉 살이

4대 스님들의 야단법석 공양간

대휴사 공양간 편 1

김천의 야트막한 산자락에 자리 잡은 대휴사. 그곳에는 1대인 고령의 노장 스님과 주지인 2대 노스님을 비롯해 얼마 전 출가한 행자에 이르기까지 총 4대의 비구니 스님들이 살고 있다. 그중 4대에 속하는 주호 스님이 "아니에요. 내 밑에 상좌도 있어요. 그러니까 5대예요"라고 정정한다.

　"'진이'라고 하는데 노스님이 어릴 때 제 아명兒名을 가져다 붙였어요. 말 안 듣는 게 나랑 똑같다면서. 그런데 그놈이 보통 영특하고 애교가 있는 게 아니에요. '저리 가' 하고 구박해도 '야옹' 하고 안기고 예불할 때면 법당 댓돌에 와 앉아있고, 배가 고파도 공양간에서 스님들이 공양을 끝내기 전에는 절대로 밥 달라고 울지 않아요. 절 밥을 먹어 그런지 법도를 안다니깐요."

　절의 유일한 청일점인 진이는 절집 식구들과 신도들의 사랑을 독차지하는 막둥이다. 주호 스님이 손수 우유를 먹여 키웠다고 하니 진이를 상좌라고 할만한 이유가 충분하다. 고양이 팔자치고는 복을 타고난지라 진이는 신도들 사이에선 일명 '고양이 보살'로 통하며 남다른 예우를 받고 있다. 절집 안에서도 신도들이 멸치대가리를 모아다 준 것에 밥을 비벼먹는 특권까지 있으니 그 사랑을 알만도 하다.

　혈연보다 깊은 법연法緣으로 맺어진 인연들이 5세대를 이뤄 살아가는 대휴사의 공양시간은 활기가 넘쳐난다. 절의 살림지기인 원주院主절의 살림살이를 관장하는 스님스님이 맛깔스레 차려놓은 밥상 앞에서 오늘도 화기애애한 만담이 오간다.

"어제 TV에서 보니까 거지탕이라는 찌개를 소개합디다. 강원도에서 유래한 찌개라는데 동네 사람들이 먹다 남은 음식들을 한데 모아 끓인 거라네요."

"이왕이면 복탕이라고 해야지 왜 하필 거지탕이라고 했을까요? 나 같으면 복탕이라고 하겠네. 음식을 알뜰히 먹으니까 복을 받는다는 의미에서요."

3대인 원주스님이 거지탕에 대한 유래를 풀어놓자 주호 스님이 제법 그럴듯한 작명과 아이디어를 내놓는다. 먹을거리가 귀한 시절에는 가난한 살림 속에서 저절로 개발된 재활용 음식들이 많았을 터. 그러한 식습관의 전통을 잘 지켜온 절에서는 별것 아닌 음식에도 특별한 의미를 부여할 뿐만 아니라 새로운 전통 음식을 개발하기도 하는 지혜와 내공이 있다. 밥 짓는 것을 수행으로 삼아온 원주스님의 손맛도 그 때문일까. 스님이 조물락댄 소박한 반찬마다 남다른 연륜과 감칠맛이 배어있다. 무를 넣고 담백하고 시원하게 끓인 콩나물무국과 야들야들한 깻잎장아찌는 특히 일품이다. 콩나물무국은 그 비법도 정말 쉽다. 냄비에 참기름 한 방울을 떨어뜨려 약한 불에서 콩나물을 달달 볶다가 익기 시작하면 소금으로 간해 물과 무채를 넣고 끓이기만 하면 된다.

"깻잎은 절에서 직접 기른 거라 부드럽고 맛이 더 좋을 거예요. 가을만 되면 이 깻잎들을 부대로 따야 하는데 노동도 그런 노동이 없어요. 깻잎에 아주 치일 지경이라니까요. 하지만 깻잎을 예쁘게 정돈해서 묶어 간장에 삭혀 놓으면 일은 힘들어도 일 년 내내 행복하죠. 지난

가을에 전 학교에 있었던 덕분에 참 편했는데.”(웃음)

주호 스님의 말이 끝나기가 무섭게 “아이고, 언제는 했나?” “차라리 아무 말 안하고 있으면 중간은 가는 기라”라며 노스님과 원주스님의 잔소리가 물밀듯 쏟아진다. 하지만 웬만한 잔소리에는 면역이 단단히 된 몸이라, 사형까지 가세해 “모르면 차라리 나처럼 가만히 있어”라는 신호를 보내와도 주호 스님은 아랑곳없다. 되레 한술 더 떠 “원주스님, 깻잎은 소금물에 삭히나요?” “삶아서 삭히나요, 생으로 삭히나요?” “양념장은 어떻게 해요?”라며 질문 공세를 하다 이내 “우리 주호는 소금물에 백날 담가봐도 숨도 안 죽을 기다”라며 기어코 노스님의 강편치를 맞고 만다.

“그만큼 본성을 바꾸기가 어렵다는 얘기라. 그러니까 노력이라도 해야지, 노력도 안 하면 사람이 우예 되겠노?”

짓궂기가 프로급인 노스님의 잔소리에 고개가 절로 끄덕여져도 주호 스님의 능청도 수준급이라 “그러니까 노스님 말씀은 깻잎에도 본성이 있으니 인간도 깻잎처럼 소금물에 삭히는 노력을 해야 된다는 말씀이에요. 행자님, 잘 알아들었죠?”라며 애꿎은 행자에게로 화살을 돌린다.

“음식은 백날 말로 들어봐야 모르는 기다. 자기가 직접 요리해보고 먹어봐서 아니다 싶으면 다시 해보고 그러면서 알게 되는 기라. 그러니까 모든 게 정성과 노력인 기라. 그런데 요즘 사람들은 뭐든 쉽게 하려는 게 탈이야. 음식도 모양새부터 따지니 깊은 맛을 알 도리가 있나. 옛날만 해도 집집마다 간장, 된장은 직접 담가 맛을 냈는데. 그런데 그게 얼마나 일인가. 그래도 그만한 수고와 노력이 있으니까 음식 맛이 깊은 기라. 그러니 세상에 대가 없이 공짜로 이뤄지는 게 어디 있겠나."

귀에 못이 박히도록 이어지는 노스님의 잔소리가 귓가에 정겹게 흘러들어 차곡차곡 딱지가 앉는 걸 보면 구구절절 지당하고도 지당한 말씀이다.

"그래도 노스님, 제가 시자 노릇은 좀 열심히 하잖아요."

"아고마, 시끄럽다마! 안경이나 후딱 챙겨 온나. 장 보러 서둘러 나서야 하니깐."

걸핏하면 옥신각신하며 환상의 궁합을 자랑하는 노스님과 주호 스님. 그들의 정겨운 실랑이와 그렇게 쌓인 수십 년 정情이 깻잎장아찌의 맛만큼이나 담백하니 깊기도 하다.

떡볶이 악플에 담긴 숨은 사랑

대휴사 공양간 편 2

낼모레가 보름이라 오곡밥과 나물을 준비하느라 가뜩이나 분주한 공양간에 웬일로 주호 스님이 나타났다. 절에 놀러온 삼례에게 떡볶이라도 만들어주고 싶은 마음에 모처럼 승복 자락을 걷어붙인 주호 스님, 때가 때이니만큼 일단 은사이자 원주인 성우 스님의 눈치를 슬쩍 살핀 후 바쁘게 돌아가는 공양간 사정에는 아둔한 듯 시치미를 떼며 묻는다.

"스님, 떡볶이를 하려고 하는데 가래떡 남은 거 없나요?"

"아니 하필이면 이렇게 바쁜 날 무슨 떡볶이를 하겠다고 난리래요. 평소엔 잘 하지도 않으면서. 콩나물이나 다듬지 그래요."

아니나 다를까, 주호 스님의 예측대로 은사의 잔소리가 기다렸다는 듯 돌아온다. 하지만 그 정도에 기죽을 그녀가 아닌지라 특유의 어리광과 애교스러운 말투로 눈치껏 전략을 바꿔본다. 일단은 콩나물시루에서 콩나물 몇 가닥을 뽑아들고 앉아 잠깐 다듬는 시늉을 하다가 "떡볶이에 넣을 야채로 뭐가 있을까요? 스님, 시금치 있어요? 카레가루는 남았나요?"라며 공양간 이곳저곳을 뒤져본다.

겉으로는 무뚝뚝해도 성우 스님의 여린 품성이 딸 같은 제자의 성화에 이내 넘어가고 만다. 정신없이 바쁜 와중에도 "저쪽 싱크대 아래 칸에 있을 건데"라며 카레가루가 든 봉지를 손수 찾아 건네준다. 다듬으라는 콩나물은 내팽개쳐두고 떡볶이를 만들겠다고 설레발치던 주호 스님의 모습이 한동안 보이지 않더니 잠시 후 식재료를 보관하는 창고에서 양배추며 시금치, 당근 등 떡볶이에 넣을 채소들을 한 아름 챙겨 왔다.

"스님, 요놈들을 어떻게 요리해먹어야 잘 먹었다고 소문날까요?"

연이어지는 주호 스님의 애교 어린 입담에 성우 스님의 잔소리는 완전히 종식되고, 이젠 입에 침이 마를 세라 제자 자랑을 늘어놓는다.

"우리 주호 스님은 신식 요리를 특히 잘해요. 왜 피자처럼 주로 모양내고 색깔 내는 음식들 있잖소. 해보지 않은 음식도 척 보면 알고, 하나를 알려주면 여기저기 응용도 잘하고. 그런 걸 보면 감각이 있는 거지. 감각 없는 사람은 뭘 가르쳐도 둔한데 감각이 있으면 뭐든 알아서 잘하잖아요."

은사의 칭찬 세례에 멋쩍으면서도 으쓱해진 주호 스님의 칼질에 힘이 실린다. 떡과 야채가 준비됐으니 이제부터는 본격적으로 요리에 돌입한다. 우선 팬에 기름을 두르고 가래떡을 볶아 얼추 익힌 다음 고추장과 물을 적당량 붓고 볶는다. 여기에 동량의 고춧가루와 카레가루를 조금 섞어 넣어 칼칼하게 간을 맞춘 후 양배추와 시금치를 넣는다.

"지금부터는 시금치를 숨죽이는 단계예요. 절에서는 파를 쓰지 않으니까 파 대신 시금치를 넣으면 색 배합이 고르잖아요. 모양이 예쁘면 맛도 더 있어 보이니깐. 그리고 고추장에 카레가루를 조금 섞으면 맛이 매콤하면서 훨씬 좋아져요. 그런데 미리 넣으면 걸쭉해지니까 마지막 단계에 물에 풀어 넣어야 해요. 많이 넣으면 역하니까 조금만 넣고 고춧가루랑 설탕, 간장도 약간 넣어 간을 맞추면 돼요."

시금치를 활용한 색깔 배합에 카레가루까지 가세한 주호 스님의 남다른 요리법만 보더라도 성우 스님의 평가가 틀림이 없는 듯싶다. 그러니 그 맛은 장담하고도 남을 터. 이윽고 저녁상이 차려지고 상 한가운데 여보란 듯 자리한 떡볶이가 제법 먹음직스러운 자태를 뽐낸다. 그런데 저녁 공양을 위해 가장 먼저 공양간에 들어선 노스님과 사형은 한눈에도 그 맛이 영 의심스럽고 못마땅한 모양이다.

"이거 누가 만들었노? 어째 냄새도 맡기 싫네. 먹어보나마나 간이 분명 짜가울끼다."

"우리 주호가 했을 기다. 밥에 당최 어울리지도 않고 모양만 낼 줄 알지. 아고야, 떡볶이에 웬 국물은 이리 많노. 완전 찌개다, 찌개!"

2대와 3대 스님의 주거니 받거니 하는 악플에 상심한 주호 스님은 "그러니까 그게 채소가 좀 많이 들어가서 그럴 거예요. 아니면 떡 상

태가 영 시원찮던데 그래서 그런지도 몰라요. 또 요리란 게 자꾸 해야 느는데 너무 오랜만에 해서 그럴 거예요”라며 그럴듯한 변명들을 둘러댄다.

“맞아, 네가 한동안 요리를 안 하니까 실력이 줄은 거야. 그리고 떡볶이에 넣을 떡은 절편이 맛있는데 이왕이면 절편으로 하지 그랬어. 게다가 이 떡은 쌀떡이 아니고 밀가루떡이네.”

“저는 먹을만한데요. 특이하니.”

주호 스님이 궁지에 몰리자, 옆에 있던 사형들이 구제 작전에 나서본다. 그러나 노스님의 짓궂음을 누구 당할쏘냐. 이번에는 노스님이 한술 더 떠 더욱 적나라한 악플을 날린다.

“아고야, 입맛까지 달아나버렸다. 이건 뭐 고추장 맛까지 버려놨구만. 입맛도 없는데 난 동치미무나 썰어 고추장에 비벼 먹을란다.”

틈만 나면 주호 스님의 팔팔한 기를 죽이는 노스님. 족보로 치면 할머니 뻘이 되는 노스님에게는 실은 모종의 지략이 있었다. 선방만 고집하던 주호 스님이 울며 겨자 먹기로 대학원까지 다니게 된 것도 알고 보면 그러한 지략 덕분이다. “스님이 돼서 무식한 건 죄”라며, “네가 그렇게 무식해가 무슨 스님 노릇을 제대로 하겠노. 일단 대학부터 졸업한 후에 선방을 가든 마음대로 해라”라며 주호 스님의 심경을 마구 긁어놓았다. 일부러 자존심을 건드려 오기를 발동하게 한 것이다. 절의 불사佛事절을 짓고 불상을 조성하는 일보다 제자들의 공부 뒷바라지에 남다른 소신과 열정을 쏟아온 노스님은 다른 것에는 궁색할 정도로 알뜰살뜰해도 학비만큼은 아낌이 없다. 그러한 노스님의 소신과 보살핌 덕에 대휴사 스님들은 하나같이 재원이거나 그 과정을 밟아가는 중이다.

　"내는 전생에 복을 못 지어 공부를 못했는가 몰라도 제자들만큼은 무식한 꼬라지를 안 볼끼다 했다오. 부처님 법도 경전을 잘 이해하고 참선도 하면서 순서 있게 해야 좀 더 바르게 공부할 수 있지 않겠소. 그리고 내 품을 지나가는 인연들은 적어도 자기 나름의 철학을 갖고 살 줄 알만큼은 무식하지 않았으면 하는 게 바람이라오. 주호 스님이 사람들을 원체 좋아해서 누구든 허물없이 사귀다보면 수행에 이로울 게 없으니까 아직 잔소리가 필요한 거지, 실은 야무지고 재주도 많다오. 그런데 본인 듣는 데서는 한 번도 뭘 잘한다고 해보질 않았다오. 행여 우쭐해져 어깨에 힘이나 주고 다니는 중이 될까 싶어 걸핏하면 자존심을 긁어댄다오. 그래야 약발이 잘 받으니깐."(웃음)

　주호 스님이 잠시 자리를 비운 사이, 노스님은 삼례에게 할머니 은사로서의 깊은 속내를 슬쩍 드러낸다. 하지만 주호 스님 앞에서는 언제 그랬냐는 듯 "에고, 우리 주호는 언제나 철이 들려나" 하며 혀를 끌끌 찬다. 입맛이 없다며 고추장에 밥을 비벼 한 술 한 술 뜨는 노스님의 밥술에 애잔하고도 애틋한 사랑이 푸지게도 실려 있다.

달라이 라마의 생신상을 차린 날 밤에

티베트 스님들 편 1

　한국에서 생활하고 있는 남카 스님의 절에 진바 스님과 욘덴 스님이 방문했다. 티베트 승려들인 이들이 한자리에 모인 이유는 자신들의 큰 스승인 달라이 라마의 생신이 다음날이기 때문이다. 달라이 라마가 인도 다람살라에서 티베트 망명 정부를 이끈지도 육십 년이 넘었다. 중국의 침략으로 일찍이 고국을 떠날 수밖에 없었던 그가 올해도 망명지에서 생일을 맞게 된 것이다. 티베트의 불교문화와 가르침을 알리고자 세계 각국에 흩어져 있는 티베트 스님들 또한 타국에서 스승의 건강과 장수를 기원하는 생신 상을 준비하게 되었다.

　시내의 한 마트에 도착한 세 스님이 가장 먼저 찾은 곳은 과일 코너다. 우선 수박이 무더기로 쌓인 앞에 걸음을 멈춰선 스님들은 당최 어

느 것이 잘 익었는지 알 수 없어 이놈 저놈 그저 어루만져 볼 뿐이다. 옆에서 이를 지켜보던 삼례가 "한국에선 보통 수박을 두들겨보고 통통 소리가 잘 나는 걸 사요"라고 조언하니, 스님들이 일제히 시범을 보여 보라는 표정을 짓는다. 삼례는 자신만만한 척 모양새 좋은 수박을 몇 개 골라 차례로 귀를 가져다 대고 똑똑 노크를 해본다. 그러나 속을 알 수 없다. 결국 점원의 도움을 받아 큼지막한 수박 하나를 건네받는다. 스님들은 그 옆 코너에도 들러 굵직하고 잘 생긴 참외와 토마토를 카트에 넣고 사과, 바나나, 배 등도 차례로 담는다.

그런데 두 스님이 과일을 고르는 동안 욘덴 스님은 마음이 어디 콩밭에라도 가있는 듯한 표정이다. 얼굴에서 수심이 떠나지 않는다. 그도 그럴 것이 그는 티베트에 어머니를 홀로 남겨둔 채 다람살라로 망명했다. 중국의 통치 하에 자유가 억압된 본토에선 제대로 불교를 공부할 수 없기 때문이다. 경전은 물론이고 달라이 라마를 험담하도록 강요당하곤 한다. 많은 티베트인들이 목숨을 걸면서까지 다람살라로 망명하는 이유다. 하지만 망명에 성공한다 해도 고국에 두고 온 가족에 대한 걱정으로 한시도 마음 편할 날이 없다.

"어머니가 걱정되고 보고 싶어 예전에 어렵게 방법을 찾아 티베트에 갈 수 있었어요. 그런데 어머니 드리려고 달라이 라마 사진을 가지고 갔다가 중국 공안들한테 물건들 모두 빼앗기고 9개월 동안 감금당했었죠."

당시의 고통스런 기억과 홀어머니에 대한 걱정을 한순간도 떼놓은 적 없는 스님은 그러한 마음조차 애써 흘려보낼 수밖에 없다.

절로 돌아온 세 스님은 쉴 새도 없이 의기투합했다. 저녁 식사도 미룬 채 법당 옆 주방에 모여 분주하다. 욘덴 스님이 소매를 걷어붙이고 과일을 씻는 사이, 진바 스님은 과일을 쌓아올릴 그릇들과 행주를 챙긴다. 한편 무언가를 찾아 동분서주하던 남카 스님의 손에는 투명 접착테이프와 이쑤시개가 들려있다.

"이걸로 과일들 주사 맞아야 해요. 과일 높게 쌓아도 넘어지지 않게 이쑤시개로 연결하고 테이프로 붙여줘야 해요. 이렇게 하는 거 한국 보살님들이 가르쳐줘서 알았어요. 보살님들은 진짜 잘해요. 티베트에서는 큰 그릇에 담으니까 이런 식으로 과일을 쌓을 필요가 없는데 한국식이 어려워도 모양은 더 예쁜 것 같아요."

진바 스님의 설명을 이어받은 남카 스님은 "제사 지낼만해!"라며 유창한 한국어 실력과 유머감각을 발휘한다. 그런데 한국식으로 과일 쌓는 솜씨는 영 어설프고 불안해 보인다. 가까스로 쌓아놓은 과일들이 무너질까 염려스러워 접착테이프로 칭칭 감아버린 바람에 도배하다시피 해버렸다.

"아니, 지저분하게 이게 뭐야. 내가 못 살아, 못 살아!"

한국 아줌마식 잔소리에도 도가 튼 진바 스님의 짓궂은 입담에 모두 웃음보가 터졌다. 여러 차례의 보수공사 끝에 어렵사리 과일 쌓기가 완성된 다음으로 준비할 것은 '세리'다.

"기도 상을 차릴 때 한국에서는 여러 음식을 만들어 올리는데 우리는 세리를 올려요. 세리는 보릿가루에 버터랑 꿀, 설탕을 넣고 또 우유나 요구르트를 넣어 반죽해서 동그랗게 빚은 거예요. 그리고 티베트

에선 생일을 신경 쓰거나 챙기지 않아요. 하지만 달라이 라마의 생신 때만큼은 큰 축제를 하죠. 장수를 기원하는 기도를 올리고 춤도 추고 공연도 해요."

"그런데 우린, 무국無國이잖아요. 무국……. 나라가 없다는 뜻이에 요."

남카 스님의 말에 순간 정적이 흐르고, 그 어떤 말로도 위로될 수 없고 위로받을 수 없는 시간 속에 잠시 머문다. 욘덴 스님이 정교한 문양이 새겨진 티베트 전통 그릇인 '띵'을 삼례에게 보여주며 설명을 하는 바람에 분위기는 다시 제자리를 찾는다. 그 사이 어디선가 플라스틱 대야를 가져온 남카 스님은 세리를 빚을 준비를 한다.

"원래는 보릿가루로 만드는데 한국에서는 주로 미숫가루를 사용해요. 한국 보살님들이 버터 많이 넣으면 살찐다고 걱정들 해서 버터는 조금만 넣으려고요. 세리를 먹으면 힘도 세지고 오래 산다 해서 티베트 사람들은 약으로 생각하고 자주 만들어 먹어요."

세리를 처음 만들어보는 삼례에게 남카 스님은 "손에 힘을 주어 꾹꾹 눌러 뭉쳐야 잘 만들어진다"며 요령까지 꼼꼼히 일러준다. 팥죽의 새알심을 닮은 듯한 세리가 동글동글하게 빚어지는 동안, 타고난 입담꾼인 진바 스님이 티베트 사람들이 즐겨먹는 음식 이야기로 흥을 돋운다.

"티베트 음식과 한국 음식은 비슷한 게 많아요. 수제비랑 칼국수도 비슷하고, 우리도 만두 자주 만들어 먹는데 만두소에 토마토와 버터도 넣죠. 우리 티베트 스님들, 수제비랑 만두 아주 잘 만들어요. 손이 너무 너무 빨라요. 사원에 들어가면 어릴 때부터 주방에서 요리하는 걸 배우거든요."

내친김에 티베트식 감자만두와 야채만두 만드는 비법까지 소개하는 진바 스님의 열띤 강의에 남카 스님이 부연 설명을 덧붙인다.

"그런데 티베트 음식을 전통 음식으로 생각하면 안 돼요. 예부터 말하길 옷은 몽골이 좋으니까 몽골식으로 입고, 음식은 중국이 맛있으니까 중국식으로 먹고, 종교는 불교가 좋아 인도에서 가져왔다고 했어요. 그러니까 좋은 건 우리가 다 가져왔어요. 알고 보면 참 똑똑해요."(웃음)

얘기를 듣고 보니 맞는 말도 같다. 그런데 농사가 불가능한 척박한 환경 때문에 육식을 할 수밖에 없었던 티베트 사람들은 불교의 불살생不殺生 정신을 모순된 현실에 어떻게 적용하고 실천해왔을까?

"옛날 티베트에서는 날씨가 너무 춥고 풀이 나지 않으니까 고기를 먹지 않으면 살 수 없었어요. 하지만 강물에 물고기들이 아무리 많아도 잡아먹지 않았어요. 왜냐하면 돼지 한 마리를 살생하면 여러 사람이 먹을 수 있지만, 생선은 한 사람이 여러 마리를 먹으니까 훨씬 많은 살생을 할 수밖에 없잖아요. 우리가 살기 위해 어쩔 수 없이 살생해야 된다면 최소한으로 줄일 수밖에요. 또 감사한 마음으로 먹고 기도를 하죠. 그런데 달라이 라마께서는 이젠 먹을 게 다양하고 많아졌으니 살생을 줄이고 환경을 보호하기 위해서도 우리의 옛 식성을 바꿔야 한다고 자주 말씀하곤 하세요."

어린 시절 추석 때면 가족과 그러했듯 스님들과 오순도순 모여 앉아 송편 대신 세리를 빚고 돌아온 날 밤, 삼례는 출출한 생각이 들어 냉장고를 뒤져보았다. 마침 입맛 당기는 밑반찬이 남아있다. 굵직한 멸치를 잘게 갈라 고추장에 얼큰하게 조린 멸치조림이다. 찬물에 밥을 말아 얹어 먹으면 그야말로 밥도둑이 아닌가. 반가운 마음에 삼례는 얼른 반찬 뚜껑을 열어젖혔다. 그런데 어인 일인가. 밥맛 돋게 했던 밥도둑은 오간 데 없고 고추장에 잔인하게 조려진 멸치 사체死體들만 담겨있었다.

유쾌한 힘, 유쾌한 맛

티베트 스님들 편 2

진바 스님은 망명 티베트인 2세다. 어릴 때 출가해 남인도의 티베트 사원에서 불교 공부를 했고 한국에 산 지는 십수 년이 되었다. 인도에서 태어나고 자라 티베트 문화 속에서 생활했으며 이젠 한국인이라고 해도 과언이 아닐 만큼 한국 문화에도 익숙한, 다국적 수행자라고 할 수 있다. 그런 만큼 스님의 외국어 실력은 출중하다. 여러 나라의 언어를 섭렵했고 통역을 해도 손색이 없을 정도다. 그런데 그보다 뛰어난 것이 있다. 바로 초긍정의 사고와 유머감각이다.

유머는 긍정의 힘이자 지혜와도 연결된다는 것을 진바 스님의 유머에서 알 수 있다. 태어날 때부터 시작된 망명 생활에서도 삶을 긍정하고 작은 것에도 감사하고 행복할 수 있는 지혜가 그의 유머 속에 있다. 음식은 주인의 성품과 기운을 담는 법. 진바 스님이 특별한 손님을 위해 곧 준비하려는 만찬이 딱 그렇다. 간편한 조리법에 비하면 황송할 정도로 맛있는데다 고향의 향수까지 불러일으키는 가성비 만점의, 그야말로 유쾌하기 짝이 없는 음식이다. 이 음식을 준비하기 위해서는 우선 전자렌즈나 끓는 물에 3분만 데우기만 하면 되는 '3분 곰탕' 내지는 '3분 설렁탕'이 필요하다.

"일단 재료값이 아주 저렴합니다. 또 만들기도 아주 간편하고 맛도 기가 막혀요. 원래는 제대로 국물을 내려면 고기와 양파도 볶아 넣고 기름도 넣어야 하는데 3분 곰탕은 그런 거 다 필요 없습니다. 3분이면 끝이에요, 끝!"

두루두루 유쾌할 수밖에 없는 이 음식의 조리법은 라면만큼이나 간단하다. 우선 3분 곰탕을 냄비에 붓고 끓이다가 칼국수용 국수와 양파를 썰어 넣고 한소끔 끓인 다음 배추를 썰어 넣기만 하면 된다. 이렇게 완성된 칼국수는 야크고기를 우린 국물에 끓여먹던 고향땅 티베트의 칼국수 맛과 무척 닮았다.

눈 덮인 고산의 추위도 거뜬히 이겨낼 만큼 티베트 사람들에게 칼국수는 매일 먹어도 좋은 보양식이자 별식이었다. 이제 그 칼국수는 고향을 떠난 망명 티베트인들에게나, 티베트를 가본 적도 없는 망명 2세들에게나 향수 어린 음식이 되었다. 그러한 애틋한 음식 맛을 내는 데 지대한 공헌을 할 뿐만 아니라, 더구나 오늘은 그 덕에 자신의 소원을 손쉽게 성취하게 됐으니 스님은 이 대견한 한국의 인스턴트식품에게 상이라도 주고 싶은 심정이다.

　언젠가 밥 한 끼 지어 먹이는 것을 소원해왔을 만큼 진바 스님에게
있어 귀한 손님은 다름 아닌 그의 매제다. 미국에 살고 있는 매제가 한
국에 방문할 때마다 스님은 마음이 쓰였다. 적지 않은 나이에 큰 사고
를 두 번이나 겪은 바람에 매제의 건강은 눈에 띄게 달라졌고, 그런 모
습이 안쓰러워 스님은 이번만큼은 그가 떠나기 전에 칼국수라도 끓여
줘야겠다고 이제나저제나 마음먹은 터였다.

　스님의 매제는 특별한 음악가로 삼례의 반려견 푸코가 팬이기도
할 정도다. 그가 피리를 불 때면 히말라야의 독수리들이 모여든다는
일화가 있을 만큼 그의 음악은 평화롭고 신비롭기까지 하다. 삼례는
푸코가 천방지축 뛰어놀다가도 그의 음악이 흘러나오기만 하면 가만
히 엎드려 귀 기울이고 있는 것을 보면서 그 거짓말 같은 일화가 사실
일 거라고 확신하곤 했다. 그도 그럴 것이 그의 음악에는 소리의 아름

다움을 넘어선 평화와 염원이 담겨있다. 아주 간절하고도 지극한……

"제가 보호자 없는 사람에게 보호자가 되게 하시고, 인생의 험한 길을 가는 사람에게 인도자가 되게 하소서. 바닷길을 잃은 뱃사람에게는 섬이 되게 하시고, 빛을 찾는 이에게는 등불이 되게 하시고, 잠자리가 필요한 이에게는 침대가 되게 하시며…… 살아있는 모든 존재가 고통의 속박에서 벗어날 때까지 남아 생명과 생활의 양식을 줄 수 있게 하소서."

피리를 연주하는 중에 이 같은 기도문을 낭독하기도 하고, 자비와 지혜를 일깨우는 만트라를 염송하기도 하는 이 특별한 음악가는 바로 나왕 케촉이다. 그는 영화배우 리처드 기어의 전폭적인 지지와 후원으로 본격적인 음악 활동을 하게 되었고, 영화 〈티베트에서의 7년〉에서 음악을 맡아 세계적인 음악가의 반열에 올랐다. 그러나 나왕 케촉과 리처드 기어는 음악가와 팬, 후원자로서의 인연보다는 같은 스승을 둔 불제자로서의 인연이 깊다. 리처드 기어는 호주에 살던 나왕을 발굴해 미국에 정착할 수 있도록 도와주었고, 음악 활동에도 지속적인 도움을 주었다. 나왕이 인도에서 교통사고로 뇌를 다쳤을 때는 저공비행이 가능한 비행기를 직접 빌려 뉴델리 병원으로 이송해 그를 살려내기도 했다.

"리처드는 제게는 물론 티베트인들에겐 최고의 친구예요. 그는 티베트를 위해 할 수 있는 일은 무엇이든 해왔어요. 오래전부터 '티베트 하우스'라는 사무실을 설립하고 'Year of Tibet'를 제정해 티베트의 상황들을 알려왔어요. 또 몸이 아픈 티베트 스님들을 비롯해 미국과 남아메리카, 인도에 재단을 설립해서 에이즈 환자들도 돕고 있죠. 모르는 것은 알고, 아는 것은 믿고, 믿는 것은 실천할 줄 아는 사람이 진짜 불자이고 수행자라 할 수 있는데 리처드야말로 정말 그래요. 그는 자신이 알고 있는 것을 말뿐 아니라 진심으로 따르고 실천할 줄 아는 사람이에요. 어디에 가있던 달라이 라마의 강의가 있을 때면 영화 촬영도 제껴두고 달려갈 정도로 불심佛心도 정말 깊어요."

　진짜 불자인 친구를 두어서일까, 히말라야에서 출가수행자로 살던 시절이 그리워서일까. 나이를 먹을수록 수행에 대한 열의가 걷잡을 수 없이 깊어지는 나왕은 공연 무대에서도 어릴 때 출가해 수행자로 살고 있는 처남에 대한 공경과 각별한 정을 드러내곤 한다. 한편 공연이 끝나기만 하면 처남과 함께 지내면서 불교와 수행에 대한 질문들을 쏟아놓기 바쁘다. 그만큼 그에게 진바 스님은 처남이기 이전에 사형 같은 존재다.

　"미국에 있으면 나왕은 더 바빠요. 공연도 다녀야하고 녹음도 해야하니까요. 그래서 한국에만 오면 저랑 지내면서 불교와 수행에 대해 더 많이 배우려고 애쓰죠. 나왕은 중론中論에 특히 관심이 많아 그쪽으로 공부해왔는데, 그럴수록 궁금한 게 많다보니 제게 계속 질문하고 토론하고 싶어 해요. 그런데 공연 일정이 바쁘다보니 저녁시간만이라도 같이 식사하면서 그런 시간을 가지려 하죠. 그래서 식당에만 가면 밥은 뒷전이에요. 처음 보는 음식이 나와도 관심도 없고 신경도 전혀 쓰지

않아요. 밥 먹는 중간에도 틈만 나면 잠깐만, 잠깐만 하면서 질문들을 하는데 그럴 땐 꼭 기자 같다니까요."(웃음)

그러나 아무리 음식에 무심한 나왕일지라도 처남이자 사형인 스님이 정성껏 끓인, 한국의 '3분 곰탕'과의 콜라보 작품 앞에서만큼은 잔잔한 미소와 관심을 드러낸다. 가성비 면에서도 영양가 면에서도 만점인데다, 한 젓가락 한 젓가락마다 잊고 있던 고향 맛까지 일깨워주는 이 유쾌한 칼국수 앞에서 나왕은 "정말 맛있다"라며 연방 칭찬을 아끼지 않는다. 그러나 그것도 잠시. "불교의 네 학파 입장은 구체적으로 어떻게 다른가요?" "그들의 수행법에는 어떤 차이가 있나요?" "수행단계에 따라 그 내용은 어떻게 다르죠?" "수행의 1단계가 4단계에선 어떤 도움이 되는 거요?" 칼국수 한 그릇을 뚝딱 해치우기가 무섭게 나왕의 질문 세례는 다시 시작된다.

장마담의 발랄한 시봉^{侍奉} 살이

장마담편 1

그녀를 지켜본 지도 어언 사십여 년. 이제 그녀는 여든의 할머니가 되었다. 어느새 그 지경으로 늙어버린 그녀를 삼례는 종종 "할매"라고 놀리며 구박을 일삼곤 한다. 나이 마흔이 돼서야 낳아준 '죄값'이랄까. 그래도 그녀는 가당치도 않는 죄목을 기꺼이 뒤집어쓰고는 철없는 막내딸 '시봉'하는 것을 낙으로 삼는다. 특히 그녀가 흔쾌히 시봉을 자처하며 즐거워할 때는 삼례가 커피 심부름을 시킬 때다. 그때는 그녀를 부르는 애칭도 달라진다.

"장 마담~, 커피 한 잔만 부탁해"라고 삼례가 목청을 길게 뽑으면 그녀는 표나지 않게 슬그머니 웃으며 "나이가 대체 몇 살인데 커피 하나도 제대로 못 타"라며 혀를 끌끌 찬다. 그리고는 부리나케 부엌으로 향한다. 다소 도발적인 애칭으로 그녀의 내재된 여성성과 청춘을 한 번씩 건드려주는 것만으로도 장 마담의 혈색은 발그레하게 살아난다. 설탕과 크림을 듬뿍 넣은 그녀의 커피 맛처럼 달착지근하고 부드러워진다.

삼례는 사실 장마담의 젊은 날을 알지 못한다. 기껏해야 그녀의 40대 중후반 무렵이 삼례가 기억하는 가장 젊은 시절이기 때문이다. 그러나 타고난 성품과 탄력 넘치는 피부 덕에 팔순을 앞둔 나이에도 그녀는 고왔고 그물에 걸려 막 건져 올려진 활어마냥 팔딱팔딱 기운이 넘쳤다. 그랬던 그녀가 어느 해부터인가 피부가 벗겨지도록 등을 밀어주던 손아귀 힘이 느슨해지더니 날래고 잰 걸음걸이도 둔해졌다. 솜씨 좋기로 소문난 손맛도 세월 앞에선 당할 재간이 없는지 예전만 못해졌다.

"아니 저녁땐 뭘 해먹어야 하니?"

냉장고 칸칸마다 먹을거리들이 빼곡히 차여있건만, 괜스레 몸을 놀리기가 근질근질한지 장 마담의 부지런한 천성에 또 시동이 걸렸다. 찬거리를 핑계로 근처 시장에 다녀온 것이 오늘 하루만도 얼추 서너 번은 될 터. 폭설과 한파로 전국이 꽁꽁 얼어붙어 발이 묶인 마당에도, 한 품목당 한 번씩 장을 보러가는 나름의 전략으로 그녀의 겨울나기는 무료할 새 없이 부산하게 돌아간다. 이른 아침에는 양파 서너 개, 점심때는 무 한 개, 그리고 저녁 찬거리를 위해 다시 장을 보러 나간 그녀가 잠시 후 들고 온 것은 달걀 한 판이다. 점심 결에 삼례가 무심코 흘린 말을 기억하고 있었던 것이다. 아니나 다를까, 잠시 후 짭짤한 간장 내가 온 집안에 진동한다.

"그거 어떻게 만드는 거야? 그렇게 어려울 것 같아 보이진 않은데."

달걀조림만큼 만들기 쉬우면서도 영양가 있는 밑반찬도 없을 것 같아 슬쩍 다가가 묻는 삼례를 장 마담은 곁눈질로 한번 흘깃할 뿐, 설명해봐야 입만 아프다는 표정이다. "이런 것쯤은 알아둬야지. 언제까지 엄마가 해준 것만 먹겠어"라는 삼례의 말에는 수긍이 가는지 장 마담은 그제야 달걀을 제대로 삶는 법부터 단단히 일러준다.

"달걀을 삶을 땐 소금을 조금 풀고 불을 약하게 해서 끓이라고. 끓는 물에 별안간 달걀을 넣으면 다 터져버리니까. 그리고 간장이 한 대접이면 물은 반 대접 조금 못되게 타서 팔팔 끓여. 그런 다음 삶아놓은 달걀을 껍데기 벗겨 넣고 약한 불에서 졸이는 거야. 너무 오래 끓이면

달걀 속까지 간이 배여 짜니까 한 십분만 졸이라고. 그리고 장조림용 달걀은 크기가 자잘한 게 좋아. 그래야 썰어놔도 노른자가 단단해서 간장에 잘 안 풀어지거든."

어느새 짭조름한 맛과 빛깔을 먹음직스럽게 품은 달걀조림이 완성됐다. 온갖 반찬들로 넘쳐나는 장 마담의 냉장고와 밥상에 또 한 식구가 늘었다. 그러고 보니 장 마담과 삼례는 딴판인 데가 너무 많다. 피부에서부터 외모, 성격, 생각, 말투까지 달라도 너무 다르다. 그저 입에 맞는 국이나 찌개에 두어 가지 반찬이면 족한 삼례와 장 마담의 밥상 취향 역시 도무지 격차를 좁힐 수가 없다.

"엄마, 제발 입에 맞는 반찬 몇 가지만 딱 해놓고 먹자고. 그러면 몸도 편하고 냉장고도 복잡하지 않고 얼마나 좋아."

냉장고 구석구석에서 오만 반찬들을 꺼내 즐비하게 늘어놓은 밥상 앞에서 삼례가 결국 선방을 날렸다. 그런데 웬일인가. 평상시 같으면 장 마담의 반격이 곧바로 날아와야 하는데 오늘은 아무런 반응이 없다. 게다가 입맛을 잃었는지 밥그릇의 밥을 덜어 내며 걱정 어린 푸념을 한다.

"우리 나이엔 밥을 많이 먹는 게 안 좋아. 한 숟갈 더 먹고 싶어도 참는 게 상책이야. 아까 시장에 나갔다가 들었는데, 내 친구 하나가 나처럼 당뇨가 있는데도 밥을 먹고 싶은 대로 먹다가 합병증이 왔다나봐. 간밤에 응급실에 실려 갔는데……."

한 해 두 해 나이를 먹을수록 하루가 다르게 몸도 마음도 쇠약해져

가는 장 마담의 걱정과 두려움을 온전히 이해하기란 아직 힘들다. 하지만 삼례 또한 걱정되기는 매한가지다. 아무리 살가운 인연도 헤어지기 마련이라, 언젠가는 맞이하게 될 그녀와의 이별을 상상하는 것만도 두렵고 벅차다. 아무리 각오해봐도 밥상머리에서 걸핏하면 티격태격하던 날들까지 사무치게 그리워할, 그 순간을 맞이할 자신이 없다. 그래도 씩씩한척하며 삼례는 본새 없는 말로 위로랍시고 해본다.

"장 마담, 이건 누구한테 들은 얘기인데 죽는다는 게 의외로 신나는 걸지도 몰라. 왜 노인대학에서 어디 관광 떠날 때 마음이 설레고 좋잖아. 정말로 그런 거와 같을지도 몰라. 그러니까 죽는 것을 어디 다른 데 관광 가는 걸로 생각해 보라고. 그러면 무섭지도 않고 되레 설레고 신날지도 모르잖아."

힘없이 밥술을 뜨던 장 마담이 할 말을 잃고 삼례를 뻔히 바라보다가 피식 웃는다. 삼례도 덩달아 피식 웃는다. 오늘따라 장 마담의 달걀조림이 유난히도 달착지근한 것이 입에 착착 감긴다.

폭삭 여문 감자와 팔순 삶의 진미眞味

장마담편 2

"어구 저런 못된 놈이 있나! 이놈아, 네가 그래봐야 부처님 손바닥 안이지. 그 수작을 남들이 모를 거 같아⋯⋯."

오늘도 장 마담의 방에선 두런두런 얘기 소리가 흘러나온다. 이른 바 'TV 드라마 생중계'가 시작된 것이다. 관객도 없는 빈 방에 홀로 앉아 드라마 삼매경에 빠져들다 보면 입에선 절로 아나운서 뺨치는 중계가 술술 쏟아진다. 시간가는 줄도 모르고 드라마 보는 재미에 빠져 있을 때 갑자기 초인종 소리가 울렸다. 위층에 사는 아줌마가 신문지에 더덕을 한줌 싸서 가져온 것이다.

"시어머니가 어디 섬에 산다는데 산에서 직접 캤다나봐. 아들 반찬 해주라고 보내온 걸 나도 좀 먹어보라고 가져왔구만. 저 댁네는 콩 반쪽도 나눠줄 만큼 나랑 뭐든 나눠 먹는다니깐. 나를 보면 돌아가신 할머니 생각이 난다면서."

더덕이라면 없어서 못 먹는다고 할 만큼 좋아하는 장 마담의 입안에선 이미 침이 서너 번은 꼴깍 넘어간 눈치다. 지병인 당뇨로 오락가락하던 입맛이 신문지에 쌓인 더덕을 보고 금세 태동이라도 했는지, TV 드라마 중계도 집어치우고 평소보다 일찍 저녁 준비에 나섰다.

"옛날에 시골 사람들은 산에서 더덕을 캐도 먹지를 않았어. 값이 비싸니까 장에 내다 팔라고. 그만큼 더덕이 귀했지."

장 마담은 인삼과도 같은 겨울 더덕에 횡재라도 한 듯 기분이 한껏 들떴다. 얼마 지나지 않아 그녀의 야무진 손길에 껍질을 벗고 노글노글하게 방망이질 된 더덕이 고추장 양념에 버무려졌다. 그렇잖아도 경칩이 지난지 얼마 되지 않은 터에 향긋한 더덕 향이 온 집안에 봄을 알린다. 더덕을 양념에 재워두고는 다용도실에서 무언가를 뒤적이던 장 마담이 이번에는 작은 봉지를 들고 나왔다. 바닥에 신문지를 깔고 봉지를 쏟으니 시들대로 시든 감자들이 우르르 쏟아진다.

"세상에! 이런 쭈그렁 감자는 처음 보네. 싹까지 났잖아."

"이쁘잖아. 몰라서 그렇지 이런 감자가 맛은 더 좋아. 이게 작년 가을에 사둔 건데, 소쿠리에 담아 햇볕 안 들고 바람 통하는 데 두고 이렇게 먹어야 제맛인 거야."

"농사짓는 사람이면 일순위로 심는 것이 감자"라며 장마담은 농사라면 한때 이력이 났던 시절까지 더듬는다.

"여 봐, 여기 오목오목 들어간 부분 있잖아. 이게 바로 감자 눈이야.

여기에서 싹이 나오는 거야. 그러니까 여길 도려내서 밭고랑에 줄 맞춰 하나씩 심는 거지. 3월에 심어서 한 서너 달 지나면 감자가 생기는 거야. 하기야 요즘은 재배해서 한 달 안에도 먹는다더라. 그런데 옛날엔 그렇게 안했어. 농약도 안 치고 소똥, 돼지똥 같은 두엄을 거름으로 썼지. 거름도 그렇고 그땐 뭐든 집에서 직접 만들어 쓰는 게 많았는데……."

그 시절을 떠올리면 추억도, 그리움도 많다. 이미 세상을 떠난 지 오래된 시아버지와 시아주머니 내외와의 인연은 각별했다. 그들이 없었다면 마음고생 심했던 그 시절을 버텨낼 수 없었을 거라는 얘기를 장 마담은 두고두고 하곤 한다.

"네 큰엄마는 뭐든 잘했어. 뚝배기에 뭘 우습게 지져내도 그렇게 구수하고 맛있을 수가 없었지. 큰엄마한테 음식 하는 걸 많이 배웠는데 동서지간에도 우린 사이가 참 좋았어. 싫은 소리 한 번을 안 하고. 네 할아버지는 일 년에 두 번은 한의원에 데려가 침을 맞게 했는데, 그런 후엔 꼭 소고기를 사주셨지. 침 맞고 나면 기력 떨어진다고. 할아버지도 그렇고 큰아버지 성품도 얼마나 선비 같았는지 그분들과 정이 참 깊었지. 그런데 네 아버지는 대체 그 심보가 어디서 왔는지 말로 다 하지도 못해. 얼마나 심술과 장난이 셌는지 할아버지한테 늘 야단을 맞았다니깐……."

그 심술의 구체적인 내용과 역사까지 상세히 듣고 보니 어디 놀부타령에서나 들어본 듯한 심술보다. 그러나 부녀유친父女有親이라, 삼례가 "그래도 아버지는 엄마가 끓여준 감자찌개를 나처럼 좋아했을 것 같은데?"라고 화제를 돌리니 장 마담의 얼굴에 금세 화색이 돈다.

"어디 감자찌개뿐이야. 뭐든 좋아했지. 김이나 생선을 구워놓으면 밥을 푸기도 전에 다 먹어버리고, 밥에 개떡을 올려 쪄주면 밥상을 차리기도 전에 가져가 게 눈 감추듯 했는걸."

벌써 수십 년 전의 일이지만 장 마담의 가슴 속에는 철없던 신랑의 심술보와 입맛과 각종 버릇들, 그리고 일찍이 어머니를 여의고 방황했던 그의 아픔까지도 생생하게 내 것인 양 간직되어 있다. 그러니 제아무리 남편의 심술보를 강조해 본들 그만큼의 정과 그리움이 깊었음이라. 팔순의 장 마담도 천생 여자였다. 순정 어린 여자……

꽃다운 시절도 가고 이제는 신문지 위에 쏟아놓은 감자들처럼 폭삭 늙어버린 장 마담. 구구절절 한 많던 시절을 더듬다보니 늙디 늙은 감자들의 속도 훤히 드러났다. 그것들을 손이 가는대로 툭툭 잘라 물을 부은 뚝배기 속으로 바로 투입시킨다. 그녀의 주특기이자 별미 중 하나인 감자찌개를 만들 요량이다.

"뚝배기에 물을 붓고 감자를 썰어 넣었으면 그 물을 따라버리지 말고 그대로 조리해야 하는 거야. 그래야 진국이거든. 그 다음에 고춧가루랑 들기름 좀 넣고 스믈스믈 끓이면 돼. 그리고 양파나 썰어 넣고 나중에 마늘이랑 파 좀 다져 넣고, 간은 집간장이나 소금으로 하라고."

강원도 출신인 장 마담의 단골 식재료인 감자는 찌개뿐 아니라 요모조모에 이용된다. 채 썰어 나물로 볶기도 하고, 입맛 없을 땐 강판에 갈아 전을 부치기도 한다.

"감자나물 할 때 감자를 그냥 볶으면 감자가 잘 끊어지면서 부서지거든. 그래서 감자를 채쳐 소금물에 담가놨다가 뿌연 물이 우러나면 건져서 볶는 거야. 그리고 몰라서 그렇지, 시들시들해도 이런 감자가 요리할 때 툭툭 끊어지지도 않고 맛이 좋아. 금방 캔 감자로 요리해봐. 불에 잘 타고 국물이 우러나면 그게 또 엄청 독해요. 그래서 이런 게 좋은 거야."

삼례의 까다로운 식성과 잔소리를 미리 제압하기 위한 술수에서일까. 아니면 오래된 감자에서 느껴지는 동병상련同病相憐에서일까. 뚝배기 속 감자가 양파와 달달하게 어우러져 구수하게 익어가는 동안에도 늙은 감자 예찬이 끊이지 않는 장 마담, 감자찌개의 간을 보더니 퍽 흡족한 표정을 짓는다.

"엄마는 늙어빠진 감자가 그렇게도 맛있나 봐?"

"아니 감자가 늙은 게 어딨니? 잘 여문 거지. 여 봐, 맛이 얼마나 구수하니 좋은지 맛 좀 봐봐."

찌개 국물을 한 술 떠서 자신의 입에 들이미는 장 마담의 얼굴을 삼례는 그제야 찬찬히, 제대로 들여다본다. 이제 보니 장 마담도 실은 폭삭 늙은 게 아니었다. 잘 여문 거였지…….

누구든 빛나게 하는 뻥튀기 할매

복례 할매 편 1

　　복례 할매의 본명은 박청자다. 맑고 청정하게 크길 바란 아버지의 소망이 담긴 이름이란다. 하지만 할매는 그녀가 태어난 후 집안이 부자가 된 바람에 붙여진 '복례'라는 아명을 더 좋아한다. 사실 그때만큼 아버지의 바람대로 살았던 적이 없기 때문이다. 팔십 평생 한결같은 소망인 맑게 살아가는 것이 그토록 어려운 일인 줄을, 복례로 불리던 시절에는 미처 몰랐다.

　　"어릴 땐 내가 참말로 순박하고 순수한 아이였는데 시집가서 어느 날 본께 사정없이 변했더라고잉. 자식 낳고 살다보니 빚은 많고 먹을 게 없은께 남편한테 미운 마음이 생기고, 좀 더 많은 걸 갖고 싶은 생각도 일어나면서 못된 마음이 꽉 차부렸지라잉. 그런 내가 도통 마음

에 들지 않아 어느 날 무작정 절에 찾아가 부처님한테 하소연을 했재. 옛날엔 안 그랬던 것 같은데 내가 왜 이렇게 나빠져부렸냐고, 그때로 돌려달라고 무릎 꿇고 한참을 울었지라잉. 그게 말하자면 처음으로 하는 기도였어. 아고 메, 그때 생각하니 눈물이 날라하네……."

작은 미움 작은 욕심이 한 톨만 일어나도 자신이 무섭게 느껴진다는 할매. 자신도 모르게 변해버린 마음이 싫어서 차라리 사람들에게 "바보"라고 놀림을 받을 때가 마음 편하고 행복하다는 할매의 신조는 쫙 깔린 풀잎맨코롬풀잎처럼, 바보맨코롬바보처럼 납작하게 낮추고 사는 것이란다.

소박하면서도 야무진 꿈도 그렇지만 삼례가 무엇보다 부러워하고 좋아하는 모습은 할매가 그녀만의 뻥튀기 기계를 돌릴 때다. 절에서 처음 할매를 만난 날도 그녀는 그랬다. 모깃소리만 한 성량에 비음이 살짝 섞인 소리로 누구에게든 예쁘다고 칭찬하며 좋아라했다. 손잡이를 뱅글뱅글 돌리다가 "뻥이요~"를 외치며 강냉이를 만들어내는 뻥튀기 장수처럼, 복례 할매는 상대의 아주 작은 장점이나 볼품없는 특징들까지 쏙쏙 뽑아내 따끈하고 구수하게 구워내는 재주가 있다. 그러니 누구든 그녀 앞에만 서면 꽃망울을 활짝 터트린 꽃이 된다. 삼례 또한 복례 할매 앞에서는 세상에서 가장 예쁘고 재주 많은 아이로 빛나곤 한다. 그런데 그렇게 빛나는 것이 또 있다. 할매가 사용하는 걸레들이다. 어느 것이 걸레이고 행주인지 구분조차 되지 않을 정도다.

"깨끗하라고 밤낮 삶아대고 빨아댔지라잉. 마음 빠는 것맨코롬. 그러고 나면 마음이 좋지라잉. 내 마음도 요로코롬 깨끗해졌는가 싶고.

근디 하도 빨아댄께 금세 너덜너덜해진당께. 그래도 버릴 생각을 못 하지라잉."(웃음)

할매네 부엌살림도 사정은 비슷하다. 한번 정든 것은 닳고 닳을 지경으로 닦아 쓰고 고쳐 쓴 바람에 그야말로 걸레 신세가 됐어도 버릴 생각을 못한다. 구수한 차를 끓이는 양은 주전자도, 옻칠이 모두 벗겨진 접이식 밥상도, 그리고 남편이 귀가할 때까지 갓 지은 밥을 따끈한 온기로 품어주는 빨간 밥통도, 할매의 살림살이는 하나같이 그녀만큼이나 깊은 연륜이 배어있다.

"이 상은 20년도 넘었나보네. 저쪽 구석에 좋은 상이 있는데도 워낙 정이 들어 이것만 계속 쓰지라잉. 여그 밥통은 30년은 족히 됐을 거여. 이사할 때 실수로 내쳐부려 요로코롬 깨졌어도 아직까정 밥도 잘되고 식혜도 잘된당께. 그라고본께 다들 고려적 작품들이네."(웃음)

오랜 세월 동고동락한 부엌의 도반들을 얼추 소개한 할매가 삼례를 위해 저녁밥을 짓느라 분주해졌다. 할매가 가장 먼저 챙기는 일은 차를 끓이는 것이다. 평소 다니는 절에서 떠온 약수에 감잎과 둥굴레를 적당량 섞어 한소끔 끓인다. 차를 끓이는 동안 다른 한쪽에서는 압력솥이 추를 딸랑대며 신호를 보내온다. 고슬고슬한 잡곡밥이 완성됐다. 첫 번째 밥그릇에는 남편을 위한 밥을 소담하게 퍼서 애장품 1호인 빨간 밥통에 보관한다. 두 번째 밥그릇엔 삼례의 몫을 담고, 마지막 순서로 자신의 밥을 퍼담은 후 행여 온기가 새어나갈 새라 커다란 타월로 밥통을 싸맨다. 할매와 함께 늙어가는 낡은 상위에는 깻잎장아찌며 톳나물, 취나물 등이 반찬통째로 차려졌다. 절 근처에서 채취해

온 풀을 삶아 소금과 참기름을 넣어 조물조물 무치고, 남편이 즐겨먹는 토하젓도 잊지 않고 올린다. 김치야 물론 빠질 수 없다.

"요놈은 작년 가을에 담근 것이고 요놈은 겨울에 담근 김장김치여. 일반 김치는 새우젓하고 멸치젓을 조금 섞어 담는데 김장김치는 황새기젓국으로 담지라잉. 그래야 오래 두고 먹을 수 있은께. 그리고 이놈은 김치찌개 전용으로 따로 만들어놓았당께. 요놈을 볶거나 찌개를 하면 맛이 겁나게 좋지라잉."

온갖 김치통을 꺼내 보이며 마냥 즐거워하는 할매의 모습이 말똥이 굴러가는 것만 봐도 웃음을 참지 못하는 열아홉 살 소녀 같다. 그런 그녀 곁에 있으면 삼례의 마음도 공연히 즐거워져 실없이 웃음을 흘리게 된다. 뻥튀기 할매의 묘한 재주가 아닐 수 없다.

"오메, 미스 김 아닌가? 뭐시여? 우리 강아지가 휴가 나왔다고? 시방 밥해놨은께 얼른 데리고 오소잉."

보기만 해도 침이 꼴딱 넘어가는 김치 한 포기를 골라잡는 순간 전화가 걸려왔다. 평소 '미스 김'으로 부르는 막내 시누이의 외아들이 군대에서 휴가를 받아 나왔다는 기쁜 소식이 날아왔다.

"우리 바깥양반 밑으로 시누이가 쪼르르 넷이네. 시누들이랑 밤낮 왔다 갔다 하며 지냈는데, 미스 김은 내가 시집올 때 7살이었은께 키우다시피 했지라잉. 근디 이젠 나보다 속이 들어 어떨 땐 친구 같기도 하고잉, 어떨 땐 딸 같기도 하재. 이젠 미스 김도 나이를 먹을 대로 먹어부렸는데도 내가 여적 미스 김이라고 놀린당께."(웃음)

미스 김의 전갈에 더욱 신바람 난 할매가 황급히 특별 요리를 준비한다. 알맞게 곰삭은 신김치에 냉동실에 얼려둔 삼겹살을 황급히 녹여 참기름과 집간장으로 달달 볶아내니 때마침 초인종이 울린다. "오메 오메, 우리 이쁜 강아지 왔는가~"라며 버선발로 뛰어나가는 할매. 그녀만의 뻥튀기 기계 돌아가는 소리는 참말로 예쁘당께~!

온 천지가 약이고 도道랑께

복례 할매 편 2

일명 '잠순이 보살'로 통하는 복례 할매가 바느질거리를 붙들고 또 잠이 들어버렸다. 일하는 중에도, 버스를 타고 볼일을 보러 가는 중에도, 심지어는 밥을 먹는 중에도 잠이 드는, 시공을 초월한 잠자는 실력은 하심下心의 대가인 할매도 "고것만큼인 내가 1등이랑께"라며 스스로 자랑을 일삼는다.

"보살님~, 또 자요?"

삼례의 나지막한 소리에 헌 양말을 기우다 말고 잠의 삼매경에 빠져든 할매가 "오메, 내가 그새 또 잤소잉?" 하며 정신을 가다듬는다.

"하도 멍청한께 틈만 나면 잔당께. 내가 유일하게 가진 재주여. 서예학원에 다닐 때도 버스에서 꼭 잠이 들어 정거장에서 지대로 내린

적이 없지라잉. 그럴 때면 얼마나 창피한지, 잘못한 것도 없는디 겁나게 창피하당께."(웃음)

두런두런 이어지는 할매의 이야기와 마술봉 같은 그녀의 손길 아래 헌 양말 한 켤레가 새롭게 태어났다.

"내가 스님들 신던 양말이며 헤진 승복들을 죄다 모아 기워드리는 통에 스님들을 아주 땅거지로 만들어버린당께.(웃음) 그런데 이것들이 실은 다 보물들일세."

복례 할매의 바느질 그릇에는 목이 늘어난 양말이며 닳아서 헤졌거나 구멍 뚫린 양말, 짝을 잃은 양말들로 가득하다. 설령 쓰임이 다했다손 허투루 버릴 수 없는 것은 한 켤레 한 켤레마다 그것을 선물했던 이들의 마음과 추억이 깃들어있기 때문이다. 그러한 기억과 마음을 한 땀 한 땀 더듬으며 바느질하는 시간만큼이나 할매가 좋아하는 시간은 차를 마실 때다.

"요로코롬 차를 마실 때가 제일로 좋당께. 부처님 전에 올리는 물을 '차·다茶'라는 한자를 써서 다기물이라고 하지않소잉. 고로코롬 차가 귀하고 좋은 것이네. 그리고 홀로 차를 마실 땐 말이 필요없잖소잉. 그래서 더 좋은 거여. 왜 참기름병 있잖소잉? 병뚜껑을 열어놓으면 고소한 냄새가 다 날아가지라잉? 사람도 마찬가지여. 말을 줄이면 내 안에서 영글어지는 것이 참말로 많은디, 참기름 병뚜껑맨코롬 입을 열어두면 기운들이 다 빠져나가지라잉. 그랑께 꼭 하고 잡은 말도 그 순간을 꾹 참고 고비를 넘기면 나중엔 고것이 습관이 돼서 마음이 고요한 호수처럼 되는 거여. 시집간 딸한테도 내가 매일 잔소리한당께. 사

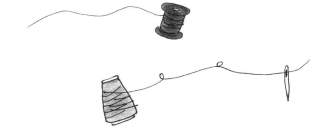

람들하고 말 섞을 시간 있으면 아파트 주변에 널린 휴지조각이나 주우러 다니라고."

차를 마실 때는 다도茶道가 있고, 글을 쓸 때는 서도書道가 있듯 모든 일에는 그에 맞는 법도가 있다는 할매. 그러한 까닭에 똑같은 일상이 누구에게는 단순한 일상이 되고, 다른 누구에게는 그 이상의 일상이 되기도 한다.

"서예학원에서 사람들이 자기가 연습한 종이에 먹물도 닦고 쓰레기통에 마구 버리는 걸 보면 참말로 안타깝지라잉. 나는 아무리 형편없는 솜씨라도 내가 연습한 종이도 함부로 버리지 않고 가져와 마당 가운데서 하늘이 알도록 태우지라잉. 알고 보면 생활이 전체가 도道네. 그랑께 자신이 하는 일은 어떤 일이든 헤프게 생각 말고 중하게 알아야 되지라잉."

그런 까닭에 복례 할매에게 '도' 아닌 일상이란 없다. 농사를 지을 때나 요리를 할 때나 차를 마실 때나, 심지어 걸레를 빨 때조차 온 정성을 기울이다 보면 누가 알려주지 않아도 그 속에서 스스로 터득하고 깨달아지는 것들이 많다. 그러니 '도' 아닌 것이 없다.

"이 나이가 되고 본께 다른 건 필요 없고 저 밑타래에 있는 순수한 마음만 갖고 살다 가면 쓰겄소잉. 고요하고 맑은 호수맨코롬, 아주 쫙 깔린 풀잎맨코롬 말이재. 옛날에 마조 스님이 눈은 호랑이처럼 예리하게 뜨고 걸음은 소처럼 타박타박 걸어야 지혜가 오른다고 했는디, 지혜는 순수함에서 나오는 게 아니겄소잉. 그랑께 청정이 최고지라잉. 그랑께 나는 아직 밑바닥 인간이여. 수행자가 되려면 한참은 멀었지라잉.”

구멍 난 양말의 뒤꿈치를 다시 기우며 할매는 바느질 솜씨만큼이나 탁월한 이야기보따리를 쉼 없이 풀어놓는다. 다독多讀을 한 덕에 틈만 나면 술술 쏟아내는 그녀의 이야기는 여름밤 모깃불 아래 할머니의 무릎을 베고 누워 듣는 옛날이야기처럼 오래오래 따뜻한 기억이 된다.

“원효 대사에 대한 책을 보면 말이시, 대안 거사라는 분이 나오지라잉. 근디 하루는 대안 거사가 자기를 찾아온 원효 대사한테 시방 누가 내 집을 빌려 쓰는 중이라 집에 들이지를 못하겠다고 하지 않겼소잉. 그래 원효 대사가 누구한테 빌려줬냐고 했더니, 자기가 집을 비운 사이 너구리가 새끼를 낳고 몸을 푸는 중이라는 거여. 말하자면 너구리한테 집을 빌려준거재잉. 아고, 그 대목이 얼매나 우습던지 배꼽 빠지는 줄 알았당께.(웃음) 그 책에 보면 원효 대사가 소를 타고 가면서 〈금강삼매론〉을 쓴 얘기도 나오지라잉. 그 대목은 어찌나 감명 깊던지, 내가 원효 대사 이야기를 통해 부처님 법을 지대로 만났지라잉.”

원효 대사의 일대기를 통해 불법에 입문했고, 소크라테스와 링컨의 이야기를 통해 바다 건너 성자들의 삶을 알았으며, 베토벤과 고흐에 관한 책으로 시련이 예술적 영감에 얼마나 중요한지도 알게 됐다는 복례 할매. 그런 그녀에게 독서는 어릴 때부터 취미 이상의 의미였다. 남도 작은 마을에서 태어나 제대로 교육을 받진 못했지만 세상 곳곳의 이야기들을 접하며 폭넓은 이해와 교훈을 얻을 수 있었던 것은 바로 책이 있었기 때문이다.

한땐 책만 읽고 살면 소원이 없을 것 같았다는 할매에겐 이제 그보다 중한 일이 생겼다. 이른 아침 잠자리에서 일어나 자신만의 작은 불단에 정성스레 차 한 잔과 향 한 가치를 올린 후 경經을 읽는 것이다. 방 한쪽에 차곡차곡 쌓인 낡은 책자들과 손때 묻어 둥글게 닳은 경전들, 그리고 책상 위에 가지런히 놓인 선사들과 눈에 넣어도 아프지 않을 손자의 사진들……. 복례 할매의 성심 어린 삶의 흔적들이다. 그러한 흔적들 사이로 맑은 차향과 향내가 그윽하게 감돌면 또 하루가 시작되는 것이다. 참말로 감사한 일이 아닐 수 없다는 할매. 그녀의 나이쯤 되고 보면 삼례도 알게 되려나. 주어진 하루하루에 감사하며 그 하루를 한 생처럼 성심껏 살아내는 것보다 중한 건 없다는 것을…….

3장

오지랖의
대
마왕들

한솥밥을 먹어야 얼굴을 알아본다

개그맨 전유성 편 1

전유성의 코미디사점 '철학은 딴 사진 일찌' 제공

개그맨 전유성을 만났다. 이번에도 그는 삼례의 얼굴을 기억하지 못한다. 웬만해선 사람을 기억하지 못하는 성향을 익히 아는지라 삼례는 초면인 듯 반가운 인사를 건넸다. 공적인 문제로 그를 만난 게 대여섯 번은 되는 것 같은데 사적인 이유로 만난 건 이번이 처음이다. 감사한 마음을 전하기 위해서다. 일전에 그는 삼례의 신간에 아무런 대가 없이 기꺼이 추천사를 써준 적이 있었다. 게다가 출판사 직원을 통해 격려와 기발한 글 소재까지 전해주었다.

무지막지하게 감사한 일이나, 희귀한 일이 아닐 수 없다. 자기 밥그릇 챙기기에도 급급한 요즘 세상에 자신의 지적 재산을 얼굴도 기억나지 않는 누군가와 허물없이 나눌 수 있는 그 마음이 생소하면서도 따뜻했다. 의외다. 무표정한 얼굴에 성의 없듯 툭툭 말을 던지는 화법도 그러하고 사실 그를 대할 때면 좀처럼 정감이란 걸 느낄 수 없었는데…….

개그맨 지망생들을 지도하고 있는 그는 무척 바빠 보였다. 제목만 봐도 누구의 작품인지 알만한 '듣도 보도 못한 콘서트'라는 포스터가 한쪽 벽에 붙어진 책상 앞에서 열심히 컴퓨터 자판을 두드리고 있었다. 얼마 후엔 '개나 소나 콘서트'라는 제목으로 반려견을 위한 콘서트도 진행할 계획이란다. 반려견이 없으면 지인들 중에 개 같은 사람을 대신 데려와도 된다는 그의 유모에 삼례는 배꼽을 잡았다. 기상천외한 발상이나 넉살이 역시 그답다.

점심시간이 다가오자 전유성은 후배들과 식사를 하기 위해 나섰다. 따가운 가을 햇살을 가르며 달리는 차 안에서 점심 메뉴를 고심하던 그에게 안무를 전공하는 한 여자 후배가 고민을 털어 놓는다.

"선생님, 저 요즘 건강이 안 좋아 한약 먹는 중이잖아요. 한의사 말이 과도한 스트레스가 원인이라네요."

"스트레스에 최고로 좋은 약이 뭔지 알아? 건망증이야. 옛날에 성철 스님한테 어떤 사람이 부자 되는 비결을 알려달라고 했더니 그랬다잖어. 앉을 때는 앉아있는 생각만 하고, 서 있을 때는 서있는 생각만 하라고."

이십여 분을 달려 도착한 곳은 구석진 동네에 위치한 작은 한정식 집이다. 간단한 코스 정식을 주문하고 기다리는 동안에도 전유성은 후배들에 대한 걱정과 애정을 무심한 듯 쏟아낸다.

"박경리 작가가 그런 말을 했다잖어. 내가 만약 다시 태어난다면 튼실한 사람 만나 농사짓고 살고 싶다고. 그러니까 너도 다른 건 따질 거 없고 튼실한 놈을 만나라구. 예전에 사위를 얻었다고 하니까 사람들이 직업부터 묻던데, 사실 가장 중요한 건 튼실하냐 튼실하지 않냐잖어."

공연 기획에서부터 연출, 제자들 양성까지 바쁜 나날을 보내는 전유성의 전직과 현직은 실로 다양하다. 그중 하나로 카페와 식당 쥔장도 있는데, 그것을 운영하게 된 배후에는 그저 '심심해서'라는 단순한 동기도 있지만 고정관념에서 벗어난 의문에서 시작된 발상의 전환이 깔려있다. 가령 '포장마차가 바깥에만 있으란 법은 없잖어?'라는 의문에서 당시에는 없던 실내 포장마차를 차렸고, '교회를 카페로 운영해보면 어떨까?' 하는 발상에서 경북 청도에서 지낼 때는 빈 교회당을 개조해 피자와 짬뽕을 팔기도 했다. 전혀 어울리지 않을 것 같은 조합의 음식을 대표 메뉴로 정한 것은 특별한 이유는 없고, 그냥 그렇게 먹으면 맛있기 때문이란다. 당시 '니가 쏘다쩨네가 쏘았지'라는 가게 이름과 함께 엎어진 모양의 커피잔에 커피가 쏟아진 그림을 간판으로 내 건 데에도 나름 싱거우리만치 의미심장한 이유가 있었다.

"보통은 카페 간판으로 커피 잔을 그려 넣고 '커피'라고 쓰는데, 정확히 말하면 그건 커피 잔을 파는 집이지 커피를 파는 집이 아니잖아. 커피 잔 속의 커피를 보여주던지 커피가 들어있다는 표식으로 목욕탕 연기라도 그려 넣어야 말이 되지. 그래서 간판에 커피 잔을 쏟아 커피가 있다는 걸 확실히 보여주는 그림을 넣었지. 가게가 경상도에 있으니까 이왕이면 그 지방 사투리로 '니가 쏘다쩨'라고 이름 지었던거구."

대화가 무르익는 동안 상위에는 온갖 성찬이 즐비하게 차려졌다. 그러한 음식들을 말없이 훑어보던 그는 무언지 영 섭섭한 표정으로 잠시 머뭇거리더니 한 마디 한다.

"이게 실은 다 안주인데……. 술안주들을 놓고 밥만 먹자니 좀 이상하네."

알고 보니 그는 보통 애주가가 아니었다. 소주에서부터 와인, 막걸리, 한 잔에도 인사불성이 된다는 일본군 특공대의 이름을 딴 '가미가제'라는 칵테일에 이르기까지 술이라면 국적을 막론하고 두루 섭렵한지 오래다. 언젠가 한 번은 난생처음으로 새벽 여섯시에 동대문운

동장 앞 포장마차에서 혼자 소주를 마셔보았단다. 그 이유가 자못 궁금했지만 이젠 돌아올 답을 뻔히 알만도 해서 삼례는 굳이 묻지 않기로 했다. 하기야 어떤 일이나 행동에 마땅한 이유가 반드시 따라야 할 필요는 없다는 그의 말이 맞는 것도 같다.

여러 번을 만났지만 오늘에서야 삼례는 전유성의 무뚝뚝한 말투와 표정 너머의 그를 제대로 만난듯했다. 한솥밥을 먹어서일까? 그만큼 친근해진 느낌으로 밥집을 나오고 보니, 남산만 하게 튀어나온 그의 배를 잠시 만져본들 실례가 될 것 같진 않았다. 그는 기꺼이 부푼 배를 내보이며 얼마 전만 해도 '왕王'자가 새겨진 배였다고 소개까지 한다. 상태를 보아하니 도통 믿어줄 만한 말은 아니다. 하지만 마음 끌리는 대로 솔직하고 소신 있게 살아가는 자유인 전유성에 대해서는, 후배들 챙기는 마음 씀씀이가 가을볕만큼이나 따사로운 인간 전유성에 대해서는 구태여 말 안 해도 알 만하다. 돌아오는 길에 삼례는 그와의 다음 만남을 기대해 보았다. 한솥밥도 나눠먹고 똥똥한 배를 공유까지 한 사이니, 예닐곱 번째 만남에선 얼굴을 알아보지 않을까?

'오지랖 대마왕'의
자연 가라로 살며 요리하며

개그맨 전유성 편 2

전화가 걸려왔다. 낯선 번호였다.

"나 전유성인데, 책은 좀 팔렸니?"

삼례가 인사를 할 겨를도 없이 수화기 너머 전유성이 대뜸 물어왔다. 대충 답하고 안부를 묻는데 전화가 툭 끊어졌다. 실수로 끊긴 줄 알고 삼례는 자리를 잡고 앉아 그에게 전화를 걸었다.

"죄송해요. 중간에 모르고 전화가 끊겼어요."

"난 할 말 다해서 끊은 건데."

그 후로도 그는 종종 '용건만 간단히'라는 7,80년대 통화 방식을 고수하며 전화를 걸어 삼례의 신간이 얼마나 팔렸는지에 대해 묻기도 하고, 그 책이 상을 받은 걸 신문에서 보고 알았다며 축하 인사를 전해

오기도 했다. 수년간 알고 지낸 후배들의 얼굴도 잘 기억하지 못한다는 그가 자신의 책에 추천사를 써준 인연으로 한 번씩 안부를 챙겨주는 것이 삼례는 의외면서도 고마웠다. 그런데 나중에 알았다. 전유성의 별명 중 하나가 '오지랖 대마왕'이라는 사실을……

그만큼 정 많고 인연을 중시하는 마음 때문에 물심양면으로 손해를 보기도 하지만, 오지랖 대마왕 곁에는 명실공히 그의 인간적인 매력에 푹 빠진 가족 같은 사람들이 늘 따른다. 더구나 그가 사비를 털어 후배 개그맨들을 양성하는 일만큼이나 의미를 두는 것이 여행자로서의 삶이라, 기분이 내킬 때면 아무 때든 떠난 여행길에서 만난 사람들과는 더욱 격의 없고 허물이 없다. 그러다 보니 그의 절친 중에는 그런

관계로 맺어진 인연들도 적지 않다.

　통화하다말고 중간에 끊긴 것 같은, 다소 뒤끝 찜찜한 전유성의 통화 스타일에 익숙해질 무렵 삼례는 그가 살고 있는 고장에 놀러 가보고 싶은 마음이 생겼다.

　"어, 놀러 와라. 그날은 집에 있을 거니까."

　그는 흔쾌히 삼례를 초대했다. 그런데 삼례가 대중교통으로 그곳까지 가는 것이 처음이라고 한창 설명하는 중에 전화가 끊어졌다. 이번엔 분명 어떤 실수로 전화가 끊긴 것 같아 다시 번호를 누르려는 찰나, 그에게서 전화가 걸려왔다.

　"그게 말이지, 일단 동대구역까지 와야 된단다. 그래서 거기서 기차를 갈아타라고. 그리고 버스로 올 거면……."

　기차 편에서 버스 편으로 안내가 넘어가다 말고 전화가 또 끊겼다. 그새 측근에게 버스 편을 문의해 본 그가 곧 다시 전화를 걸어 "그냥 기차로 오는 게 편하댄다"라고 일러준다. 통화 스타일이 참 독특하긴 해도 무진장 세심하다. 동대구로 가는 기차 안에서도, 그리고 다시 기차를 갈아타는 중에도 그는 '대구에 도착했니?' '몇 시 기차 탔니?'라며 문자로 계속 확인을 해왔다. 초행이라는 말이 내심 마음에 걸렸던 모양이다. 기차가 목적지에 도착하기 십분 전에 다시 문자가 왔다.

　'기차 도착했니? 역 앞에서 후배랑 차 대고 기다리고 있다.'

　집에 도착하자마자 전유성은 음악부터 튼다. 그리고는 저녁을 준비하기 위해 부엌으로 향한다. 교향곡에 재즈, 보사노바, 삼바, 아프리카 음악에 이르기까지 다양한 선율이 두서없이 어질러진 그의 공간을 요리조리 흘러 다닌다. 살림살이만큼이나 음악 취향도 다국적이고 정해진 것이 없다. 구석구석에 박혀있는 정체불명의 잡동사니에, 책꽂이에 한가득 꽂힌 책들까지 대충 훑어보고 난 뒤에야 삼례는 부엌에서 돌아가는 일이 궁금해졌다. 심상치 않은 요리가 만들어질 조짐이 느껴졌다.

아니나 다를까, 가스불 위에 커다란 들통이 올려져 있다. 전유성이 잠시 자리를 비운 사이 삼례는 얼른 뚜껑을 열어보았다. 독에서 막 꺼낸 듯한 포기김치가 여 보란 듯 돼지목살을 지그시 눌러 깔고 있다. 왠지 전유성의 요리 솜씨가 보통 내공은 아닐 듯싶다. 설렁설렁 부엌을 돌아다니다 무언가를 툭툭 들통에 집어넣는 품새가 마치 택견의 고수와도 같다. 한수 배워볼 요량으로 유심히 관찰하다가 그 모습이 하도 여유만만해서 삼례가 잠깐 한눈을 팔고 있으면 그 틈에 꼭 무얼 넣는다.

"선생님은 하필 제가 딴 데 볼 때만 뭘 넣고 그러세요. 비법 좀 배워가려 했더니."

"비법을 가르쳐주면 그게 비법이냐. 이미 비법이 아니지."

듣고 보니 그도 그런 것 같아 삼례는 상차림이나 돕기로 한다. 김치찜이 얼추 완성되어 가자 전유성이 어디선가 커다란 수반을 들고 왔다. 누가 봐도 꽃꽂이용이나 퇴수용 그릇인데 그에게는 음식을 담는 용도로 쓰인단다. 고정관념을 깨는 그의 전공은 부엌살림에서도 유감없이 발휘되어 평범한 김치찜이 넉넉한 크기의 수반에 담겨 그럴싸

한 요리가 되었다.

설컹설컹하게 잘 익은 육질 좋은 돼지목살에 버섯, 다시마, 매운 고추, 통마늘 등에 에워싸여진 김치찜의 자태에 전유성과 한동네 산다는 김 반장도 잠시 넋 놓고 바라본다. 일찍 귀가하면 마누라가 되레 적응을 못한다며 이젠 아예 허리띠를 풀어놓고 늘펀하게 자리를 잡고 앉는다. 음악도 적시에 분위기를 타는 듯, 방금 전까지는 죽은 영혼을 위로하는 진혼곡이 흘러 다니더니 곧바로 흥겨운 보사노바 리듬으로 바뀌었다. 마치 김치찜에 들어간 온갖 희생양에 심심한 애도라도 표한 후에 신나게 밥을 먹으라는 신호 같다. 곧이어 전유성이 요상하게 생긴 밥솥을 상위에 올려놓는다. 편수용 냄비처럼 생겼는데 압력솥이란다.

"이게 네팔 껀데, 우리 꺼보다 훨씬 빠르고 좋더라고. 거기가 고산지역이라 압력솥 역사가 우리나라보다 길거든. 우리 껀 잘못하면 왜 뚜껑이 날아가기도 하잖어. 네팔에 갔을 때 열 개 사 왔었는데 이제 세 개 남았나 봐. 집에 오는 애들마다 하나씩 가져가서."

"그러고 보니 고무파킹이 없네예. 그게 닳으면 국물이 튀기도 하고 새던데, 이건 고무파킹 없이도 완전 밀폐돼서 그럴 염려는 없겠네예."

두 남자의 애기를 듣고 보니 탐을 낼 만도 한 주방용품이다. 특이한 디자인에 실속 있는 주방용품은 주부들만의 관심사일 줄 알았는데 남정네들의 관심도나 눈썰미도 만만치 않다. 압력솥에서 김이 빠질 때를 멀뚱히 기다리다가 그 틈을 타서 삼례가 김치찜 비법에 대해 슬쩍 유도심문을 해본다.

"그런데 선생님, 여기 설탕도 들어갔나 봐요?"

"아니. 미원은 넣었어, 두 숟가락."

"네?"

천연덕스러운 그의 농담에 삼례가 되레 걸려들려는 찰나, 옆에 있던 김 반장이 "우리 형님은 요리할 때 다른 조미료는 일절 안 넣습니데이. 다시마, 버섯 같은 걸로만 맛을 내서 완전 자연 가라문양로만 하신다니까요"라며 슬그머니 힌트를 찔러준다. '자연 가라'라, 땡땡이나 줄무늬보다 마음에 와닿는 문양이다.

음악은 그새 팝과 재즈가 뒤엉킨 모던재즈로 바뀌면서 분위기를 돋운다. 신김치와 돼지목살의 조화로움만큼이나 그 맛 또한 감칠맛난다. 뱃속이 든든히 불러올수록 마음도 느긋해지는 법이라, 고압력으로 갓 지은 밥맛에 마음이 더 노글노글해진 전유성이 후식으로 구수한 숭늉까지 해치운 후에는 김치찜 비법은 물론 먹다 남긴 김치찜을 뒤처리하는 요령까지 일러준다.

"이거 남은 건 왜 찜통 밑에 받치는 거 있잖어. 그걸 꼭 받치고 찜통에 다시 한 번 딱 쪄놔야 내일 먹을 수 있어. 안 그러면 버려야 돼."

"뭐를 찌라고예?"

한집 사는 전유성의 후배가 기껏 설명할 땐 딴청을 부리다가 뒤늦게 밥을 먹으며 뒷북치는 질문을 한다.

"이걸 다시 쪄야 된다니깐. 이게 숟가락이 닿았기 때문에 맛이 변해."

"그럼 한번 끓여놓으면 되잖아예."

"이 자슥아, 여태 그 얘길 한 거잖어. 아이 증말!"

어딜 가나 뒷북 때리는 사람은 있게 마련. 이런저런 사람들 속에서
완전 '자연 가라'로, 사람 냄새 팍팍 풍기며 살아가는 오지랖 대마왕
의 삶은 그래서 따뜻하다. 그의 요리는 그래서 맛있다.

언제나 쑈쑈쑈

개그맨 전유성 편3

소파에 누워 비몽사몽 낮잠에 든 삼례의 귓가로 어디선가 낯익은 목소리가 흘러들었다. 그 어투는 많은 개그맨들이 흉내 냈거나 패러디해왔을 만큼 특유해서 잠결에도 삼례는 그 목소리에 귀 기울여졌다. 슬그머니 눈을 떠보니 어인일인가. TV에서 좀처럼 모습을 볼 수 없던 전유성이 모 방송 토크쇼에 나와 있다. 그것도 말쑥한 정장 차림에 멋스럽게 빗어 넘긴 헤어스타일까지, 수년 사이 오히려 젊어진 듯한 그의 모습이 새롭고 반가워 삼례는 단박에 잠에서 깨어났다. 그런데 토크쇼의 내용은 정신을 번쩍 들게 했다. 내용인즉슨 전유성의 칠순을 기념해 연예인 후배들이 뜻을 모아 '전유성의 쑈쑈쑈'라는 전국투어 칠순잔치를 열어주었고 이제 후반부 공연을 남겨두고 있다는 것이었다.

수십 년 어린 사람들에게도 나이와 세대차를 느끼지 못할 만큼 친구처럼 대하는 그의 스타일 때문인지 그가 벌써 칠순이라는 사실이 삼례는 믿기지 않았다. 한편 부러웠다. 그의 인생에 대해 아는 것은 별로 없지만, 그가 후배들에게 반강제적으로 받은 그 선물은 그의 칠십 년 삶이 얼마나 풍요롭고 의미 있는지를 대변하기 때문이다.

전유성의 지인들을 통해 익히 들었던 몇 가지 일화만 돌이켜보더라도, 삼례는 그의 칠순잔치에 그만큼 걸맞은 선물도 없을 거라는 생각이 들었다. 가장 기억나는 일화는 개그맨 이영자와 관련된 것이다. 전유성은 개그맨은 물론 가수, 배우, 심지어는 마술사까지 우리나라를 대표하는 수많은 아티스트들을 발굴한 스타 메이커로도 통하는데 그 중 한 명이 이영자다. 지금은 수많은 프로그램과 CF 등을 섭렵하며 종횡무진 활동하는 그녀이지만 한때는 밤무대에서 무명으로 일하며 개그맨의 꿈을 키운 적이 있었다. 당시 그녀의 재능을 알아본 전유성이 방송에서 활동할 수 있도록 길을 열어주었는데, 어느 날 그녀가 찾아와 현금다발이 든 가방을 그의 앞에 내밀며 이렇게 말했다고 한다.

"무명으로 활동하면서 언젠가 방송에 진출하려면 이만한 돈은 있어야 될 거라고 생각했어요. 선생님 덕분에 그 꿈을 이뤘으니 이 돈은 선생님 겁니다."

나름 보은을 갚으려했던 이영자는 이런 말을 한 다음 어떻게 되었을까? 바로 그 자리에 무릎 꿇고 앉아 두 팔 높이 쳐들고 벌을 서야했다. 그 후 수십 년이 지나 전유성의 칠순잔치에 한걸음에 달려와 진행을 맡은 이영자는 자신을 이렇게 소개했다.

"전유성의 인생에서 전유성이 보호하고 지켜주는 두 여인이 있는데, 한 명은 친딸 전제비이고 또 한 명은 양딸인 바로 접니다.(웃음) 그는 인생을 포기하고 싶은 만큼 힘든 시기에 손 잡아주고 다시 살아갈 힘을 주며 AS까지 해준 개그계의 아버지입니다."

그래서 전유성은 '사부'다. 언제든 연락해도, 어쩌다 한 번 연락해도 전혀 어렵지 않고, 오히려 몇 년 만에 그에게 먼저 연락받고 미안해하는 후배에게 "꼭 네가 먼저 연락하란 법 있냐. 필요한 사람이 하는 거지"라며 미안함마저 유치하고 진부한 것쯤으로 가볍게 날려주는, 그런 센스 만점의 사부…….

"그럴 수도 있지. 꼭 와야 된단 법 있냐. 마지막 공연은 남았으니까 올 수 있으면 오고."

전유성의 센스는 여전하다. '용건만 간단히'라는 7,80년대 통화 방식 또한 여전하다. '전유성의 쑈쑈쑈'가 막을 내릴 때쯤에야 소식을 접하고 오랜만에 연락한 삼례에게 그는 엊그제 통화하기라도 했던 냥 그 특유의 덤덤하고 목이 멘듯한 어투로 삼례의 미안함을 훅, 가볍게 날리고는 이 한마디 남기고 끊는다. 그리고 잠시 후 문자 하나를 날려 온다.

'모월 모일, 모공연장이다.'

마지막 공연을 끝낸 뒤풀이 자리에서는 돼지갈비가 공연의 뒷맛을 이어간다. 희뿌연 연기 속에서 달달한 간장 내를 풍기며 익어가는 돼지갈비 한 점에 누구는 술이 석 잔이요, 누구는 술 한 잔이다. 또 누구

는 돼지갈비 서너 점에 술 한 잔을 대여섯 번 꺾기도 한다. 각자 다른
주량과 취향만큼이나 뒤풀이에 모인 이들은 각계각층이다. 개그맨만
하더라도 '개그계의 단군' 내지는 '개그계의 시조새'로 통하는 전유성
은 물론이고 한창 주가를 올리며 활동 중인 개그맨, 이젠 한물갔지만
왕년엔 잘 나갔던 개그맨, 또다시 노 저을 때를 기다리는 개그맨, 이제
막 개그계에 입성한 햇병아리 개그맨까지 상황 불문, 연륜 불문, 나이
불문으로 모였다. 그럼에도 허물이란 눈 씻고 찾아보려야 볼 수가 없
다. 개그계의 시조새와 햇병아리가 더할 나위 없는 친구마냥 술잔을
주거니 받거니 하기도 하고, 온갖 쌍욕도 죽음이라는 무거운 대화거
리도 '개그'라는 날개를 달고 돼지갈비가 익어가는 불판 위로 유쾌하
게 날아다닌다.

이러한 분위기를 가장 압도하는 사람은 개그맨들도 천생 개그맨으로 인정하는 최양락이다. 분위기 메이커로나 주당으로나 그를 따라잡을 자가 없을듯하다. 자칭 "전유성의 영원한 꼬봉"이라는 그는 술잔이 술술 비워질수록 달궈지는 입담으로 전유성과 있었던 온갖 일화를 불판 위 돼지갈비처럼 달달하고 노릇노릇하게 지져낸다.

"그런데 이집 돼지갈비는 내 입엔 안 맞어. 너무 달어."

전유성의 한마디로 이제 뒤풀이의 대화는 음식과 관련된 이야기로 이어진다. 한 후배가 방송에 소개될 만큼 유명한 식당의 요리 비법이

알고 보니 MSG였더라는 얘기에 전유성은 "뭘 몰라서 그러는데, 사람들은 MSG가 몸에 굉장히 안 좋고 나쁜 조미료로 아는데 그렇지 않다니깐"이라며 그 이유를 들이댄다. 그러고 보니 요리에도 일가견 있는 그가 〈MSG로 간편하게 맛낸 요리법〉이라는 책을 써보면 어떨까, 하는 생각이 든다.

우리나라 최초로 '개그맨'이라는 용어를 사용했고 최초의 심야극장, 최초의 실내 포장마차, 최초의 반려견 동반 콘서트, 최초의 개그 전용 극장 등을 만들었으며 한땐 천원이라도 인터뷰 비용을 줘야 인터뷰를 하겠다고 우겨 기자들을 당황하게 만들던 그가 아닌가. 상식이라고 생각한 것들을 폴짝 뛰어넘고, 시대 따위

도 슬쩍 앞지르고, 때론 지극히 당연한 것임에도 대다수가 까먹은 것들을 무심한 듯 툭 건드리는 그에게 그보다 적절한 요리책이 있을까.

삼례가 이 같은 망상을 펴는 동안 이야기는 무릇 고인이 된 개그맨들과 여행과 관련된 일화로 넘어가고, 그렇게 대화의 안줏거리가 술술 바뀌는 동안에도 소주와 맥주의 안줏거리는 바뀔 줄 모르고 불판 위에서 줄기차게 구워지고 있다. 그러고 보니 지리산으로 거처를 옮긴 후 자신을 찾아오는 후배들과 식사를 할 때면 전유성이 내놓는 단골 메뉴도 돼지고기가 아니던가. 그것도 지리산의 명물 흑돼지다.

오랜 무명을 견디고 승승장구하는 개그맨 조세호와 먹방 프로그램으로 인기를 누리고 있는 일명 '민경 장군'이 찾아왔을 땐 더구나 고민할 것도 없이 흑돼지 삼겹살이었다. 그 맛이야 두말할 것도 없고, 삼겹살을 굽다가 무명시절의 설움을 회상하기도 하고, 삼겹살을 굽다가 '네가 곁에 있어도 네가 그립듯' 줄기차게 먹어도 줄기차게 먹고만 싶은 식욕에 새삼 감탄하게도 하는 그 맛이 더욱 맛나기 때문이다. 삼겹살을 굽다가 오랜 무명시절도 굳건히 버틴 후배들이 기특해서, 또 그런 시기를 굳건히 버틸 수 있도록 든든한 지지대가 되어준 사부가 고마워서 서로 울컥하게 만드는 그 맛 또한 일품이라.

사부가 준비해 준 흑돼지 삼겹살을 흡입하다시피 하는 중에도 사부에게 계속 받기만 해서 죄송하다며 눈물을 보이는 민경 장군과 그 은혜를 어떻게 갚아야할지 모르겠다며 얼굴 붉히는 조세호에게 전유성이 해줄 말은 이뿐이다.

"니네 부모님한테 잘하고, 밥 먹어."

소가 뒷걸음질 치다 쥐 잡는 요리 비법

    삼례는 한 지인의 출판기념회에 참석했다. 손님 접대를 위해 차려진 음식은 여느 출판기념회와 다를 게 없는데, 남다른 메뉴 한 가지가 눈길을 끈다. 과메기다. 비린 생선을 좋아하지 않는 삼례는 과메기에 눈길조차 주지 않는데 다른 사람들은 별미라며 난리다. 기인 신 화백이 나타난 건 그 무렵쯤이었다. 그를 만난 게 거의 일 년은 되는 모양이다. 소위 '잘나가는' 그림쟁이였던 그가 붓을 팽개친 지도 수년이 지났다. 이제 그는 손에 물감 대신 기름때를 묻히고 지구 환경을 보호하기 위해 개발했다는 기계의 나사를 밤낮으로 돌려대는 노동자로 변신해 있었다. 오랜만에 본 그가 "그동안 잘 놀았어?"라며 반가운 인사를 건넨다.

"세상은 잘 놀다 가면 돼. 그런데 그렇지 못한 사람들이 너무 많거든. 그게 그리 쉬운 게 아니라서 말이야."

그 '잘 노는' 법이 궁금한 삼례에게 신 화백은 "공부 더한 다음에 물어봐"라고 한다.

"그 공부를 언제까지 해야 되는데요?"

"즐거울 때까지! 공부는 열심히 하는 것보다 즐기는 게 좋아. 공부가 즐거우면 그때부터 공부가 즐거움이 되는 거잖아. 그럼 즐겁겠지? 그보다 즐거운 건 없어."

어째 좀 싱겁기도 하고 못 미더운 생각이 들어 삼례는 확인 삼아 재차 물어본다.

"그걸로 끝인 거예요?"

"어, 그걸로 끝이야. 인생이란 게 별 볼일 없더라도 공부가 즐거우면 그걸로 족한 거야. 그러면 원치 않던 게 보너스로 와. 오는지 안 오는지는 공부한 다음에 봐봐. 내 장담할 테니."

신 화백은 여전했다. 재치발랄한 입담도, 특유의 말투도 변함이 없어 어째 오늘도 분위기를 압도할 태세다. 그와 이런저런 이야기를 나누는 사이 상위에 놓인 과메기는 벌써 네 접시째 동이 나고 있다.

"오늘은 술이 술 같지가 않네. 취하지도 않고……."

안주가 좋아서일까, 김과 미역에 싼 과메기에 맥주잔을 야금야금 비우던 배 언니가 심심해진 술맛에 트집을 잡는 통에 신 화백의 레이다망에 딱 걸려들었다.

"술이 술 같지가 않다는 건 뭔가 순수한 게 없어졌다는 거야. 하얀

종이에 그림을 그리면 색깔이 바로 나오잖아. 내가 순수하면 술이든 물이든 들어가면 바로 나오지. 그런데 어떤 사람은 간장치고 소금치고 계속 치면서도 짠맛을 몰라. 짠맛을 모르는 것도 문제고, 술맛을 모르는 것도 문제지."

최근 들어 심리학을 공부한답시고 사람들의 성향과 문제점을 분석하는 습관이 생긴 배 언니에게 신 화백이 나름 뼈 있는 조언을 한다.

"에너지는 보존이 아니라 분배가 중요한 거야. 합리적인 분배를 해야지. 쉽게 말해 '머슴 논리'인데, 내가 남의 집 열심히 쓸어봐야 머슴밖에 안되잖아. 돈푼이나 조금 받던지 잘 쓸었네, 못 쓸었네 하며 욕이나 안 들으면 다행이지. 그러니까 내가 내 것을 해야지. 그런데 그게 참 어렵단 말이야. 그래서 '나는 누구인가' '어디서 와서 어디로 가는가'를 탐구해가는 거고 그 다음엔 내 길을 갈고 닦아야지. 내 본모습을 찾는 것이 깨달음인데 그게 또 다가 아냐. 합일이 돼야지, 지행합일知行合一! 그래야 비로소 내 본분을 다했다고 할 수 있다고."

소위 기센 여자로 통하는 배 언니가 신 화백의 남다른 조언과 입담에 다시 술맛을 찾은 모양이다. 이젠 두 사람이 서로 술잔을 주거니 받거니 하며 대화가 무르익어가는 동안, 한쪽에서 잠깐 졸고 있던 삼례에게로 이번엔 레이더가 잡혔다.

"쟤는 뭐가 그리 피곤한지 틈만 나면 자네."

"그렇게 자는 게 좋아. 잘 놀다 가려면."

배 언니의 핀잔에 신 화백이 대신 대꾸하더니 뜬금없이 누에가 다섯 번 잠을 자는 이유에 대해 설명을 늘어놓기 시작한다.

"누에는 다섯 번 잠을 자는데, 다섯 번 잠을 잔다는 건 다섯 번 허물을 벗는다는 거야. 인간이 공부하고 해탈하려는 것도 말하자면 허물을 벗는 거지. 하물며 누에도 다섯 번 자고 여섯 번째에 나방이 되는데 그렇다면 인간은 얼마나 많은 허물을 벗어야 되겠어? 부처는 팔만 사천 번뇌라 했지. 즉 팔만 사천 번의 허물을 벗어야, 한 인간으로서 날아가는 거야. 삼례 너는 몇 번 자고 허물을 벗었냐?"

피곤함에 식곤증까지 겹쳐 비몽사몽하는 삼례에게 난데없이 화두 같은 질문을 던진 신 화백은 다시 이야기를 이어간다.

"그러니까 팔만 사천 번뇌를 벗어야 제대로 한 인간이 되고 부처가 되니 허물벗는 걸 두려워하면 안 되겠지? 그런데 허물을 팔만 사천 번을 벗으려면 얼마나 바쁘게 벗어야 되겠어. 그래서 바쁜 거야, 인생이. 그러니까 불교의 스승들이 늘 하는 잔소리가 부지런히 정진하라고 하지 않던."

신 화백의 말에 배 언니는 "철학적인 얘길 하시니까 술이 깨네"라며 딴죽을 걸고, 신 화백은 이에 질세라 "아니 누에가 허물 벗는 게 철학적이냐? 그럼 뭔 얘길 하라고?"라며 능청스럽게 응수한다.

두 사람이 옥신각신하는 사이, 한쪽에 다소곳이 앉아있던 신 화백의 지인 박 언니가 "제가 절에 김치를 담가주러 가야 해서요"라며 자리에서 일어선다. 절집 김치를 담글 정도면 그 솜씨가 만만치 않을 듯싶은데, 그 비법에 대해 돌아오는 그녀의 답변이야말로 술이 깰 정도로 철학적이다.

"그냥 대충 하면 되던데. 정말 희한한 게 신경 써서 하면 제대로 맛이 안 나는데 대충하면 맛있더라고."

"그러니까 그게 바로 소가 뒷걸음치다 쥐 잡는 꼴인데, 대충 어떻게 하다 보니 수년 째 엉겁결에 잘 된 거지. 그런데 거기다 대고 비법을 물어보면 순간 불안 증세가 올 수밖에. 이 불안 증세가 나중엔 사람을 한자리에 오래 못 있게 하거든. 오래 있으면 뭔가 내 불안이 표출될 것 같으니까 자리를 빨리 뜨게 되지. 안 그래?"

집에 간다는 사람을 잡는 방법도 참 가지가지다. 신 화백의 짓궂은 술수에 걸려든 박 언니가 "실은 김치를 잘 담근다기보다 간을 잘 보는 거지"라며 자백하는 사이 출판기념회의 본 행사가 시작됐다. 식순 중반에 이르자 시인이자 싱어송라이터인 한 초대자가 축가로 기타를 연주하며 자작시를 노래한다.

"나는 작은 꽃이 좋아. 왜냐고? 작은 꽃은 풍경을 덜 가리거든~"

'겸양'이라는 짧은 시가 참 담백하게도 날아들어 가슴에 꽂힌다.

"사람들은 세상을 단편으로만 보려는 경향이 있지. 단편으로 인정받고 박수 받는 걸 중요시하지만 인생이라는 긴 무대는 장편이야. 설령 박수가 없더라도 마지막 한순간의 박수가 아름다운 게 인생이지. 모든 문제의 원인은 어딘가에 존재하는 욕심이야. 그 욕심의 원천을 잘 알아야 해. 그리고 세상은 말이야, 실은 쓸모없는 데서 생긴 거야. 쓸모없는 게 나를 살찌우지, 쓸모 있는 게 나를 살리지는 못해. 쓸모없는 땅에서 나무가 뿌리를 내리고 쓸모없는 인연들이 쓸모 있는 인연을 만들고……"

짧은 만큼 긴 여운을 선사하는 시인의 이야기가 아름다운 선율을 타고 속삭이는 와중에도 지칠 줄 모르는 신 화백의 입담에 짜증 난 삼례가 결국 퉁바리를 놓는다.

"아 그러니까 결국 쓸모 있는 것도 쓸모없는 것도 없는 거잖아요!"

"그러네!"

"어, 그럼 오늘 나 껍질 한 번 벗은 거야?"

"애는. 몸뚱이랑 만나야 껍질을 벗지, 껍질을 아무 때나 벗니."

너무 짧아서 서운한 시인의 이야기나, 너무 장황해서 탈인 신 화백의 잔소리나 삼례의 미혹한 마음에 구구절절 날아와 꽂힐 때 "거기 분위기 흐리는 두 사람, 칠판에 '떠든 사람'이라고 적을 거예요"라는 사회자의 경고가 날아들었다. 새삼 멀쑥해진 신 화백이 머리를 긁적이며 기어들어가듯 한마디 한다.

"아니 뒷걸음질 치다 쥐 잡는 게 특기인 박 여인은 그새 갔냐?"

맥가이버 할배의 명품 차(茶), 명품 꿈

맥가이버 할배 편 1

　　그날은 동짓날이었다. 공양간 안팎으로는 이른 아침부터 팥죽을 쑤어대느라 분주했다. 삼례는 절 마당에서 팥죽이 쑤어지는 과정을 흥미롭게 지켜보고 있었다. 윤 할배 내외가 트럭을 끌고 절에 도착한 것은, 솥바닥에 가라앉아있던 새알심이 동실동실 팥죽 위로 떠올라 잘 익은 모습을 드러낼 때였다.

　　"아따 언니, 오랜만이오. 그런데 어째 이리 예뻐졌는감. 비결이 뭔지 좀 알려주소잉?"

　　팥죽을 젓고 있던 한 보살이 절 마당에 먼저 들어선 윤 할배의 부인을 보고 반갑게 아는 체를 하자 누군가 그 인사를 대신 받아친다.

　　"진짜로 예뻐지는 법, 나는 알지. '나'를 찾으면 되는디……." (웃음)

유쾌하고 명랑한 말투와 답변에 이끌려 그쪽을 돌아보니, 가무잡잡한 피부에 깡마른 한 할배가 반짝반짝 눈을 빛내며 서있었다. 그것이 삼례가 기억하는 윤 할배의 첫인상이다. 그날 할배는 예뻐지는 비법만이 아니라 얼마 전까지 몸살을 앓게 된 경위에 대해서도 남다른 방식으로 조목조목 설명을 했다.

"머리통 요놈은 쪼까 못됐고 몸통은 쪼까 착하당께. 그런디 마음을 담고 있는 게 몸통 아닌감. 그래 몸통이 무리하거나 아프면 머리통에 명령을 한단 말이시. '아따 좀 쉬어서 갑시다' 하고. 그럼 꼼짝 않고 쉬어줘야 한당께. 그러다 살만해지면 또 나가자고 끌어낸단 말이시. 그래서 오늘은 요로코롬 나왔지라잉. 그랑께 몸살이는 다 살라고 하는 짓일세."

윤 할배의 화법은 참 독특했다. 툭툭 내뱉는 말 한 마디 한 마디에 장난기가 실려 있으면서도 묵직했고, 짓궂은듯하면서도 진지했다. 구시렁대며 혼잣말을 하는듯해도 불특정 다수 누구에게나 하는 말처럼 들렸다.

"한 번은 보살들이 누굴 비방해쌌길래 그러지 말라고 타일렀더니, 우리도 감정 있는 사람인데 어째 안 그럴 수 있겠냐고 그래. 그래서 '당신들이 사람이요, 보살이지'라고 했더니 '어째 우리가 보살이요, 사람이지' 하며 박박 우기는겨. 그러면 내가 더 이상 뭐라 하겠소잉. 그냥 알겠다 하고 마는 거지. 그런데 우리 마누라도 내가 보살이라고 부르면 어째 내가 보살이냐고, 나 같은 게 무슨 보살이냐고 우겨싸. 이젠 쪼까 알아. 자기가 보살인데 중생인 줄 알고 살고 있다는 걸."

대중성 따위는 염두에 두지 않는 비주류적인 주제와 대화법이 사람들에게 쉽게 통할 리 없더라도 거기에 낙담할 할배는 아닌지라, 오늘도 그는 변방의 것들을 대화거리로 삼아 사람들의 심경을 툭툭 건드린다. 그런데 그에게는 시시때때로 갑갑증과 조급증을 일으키는 고질병 같은 것이 있다. 이른바 '출가병'이라고 할까.

"수행자가 집을 떠나는 건 다른 이유 없네. 사람들하고 섞이면 자꾸 중생심이 발동하거든. 내 눈에 저 사람은 분명 부처인데, 남들이 싸가지 없는 놈이라고 자꾸 충동질해대면 내 눈도 그래 되거든. 그렇게 마음에 불성佛性이 자리 잡을 때까진 배가 필요하니까 집을 떠나는겨. 강을 건넌 다음에야 뭣땀시 배가 필요 있겠는감. 그땐 어디에 있던지 간에 똥냄새도 구린 냄새도 안 나는겨. 오로지 향내밖에는. 그래서 가령 마누라가 누가 우리 밭에서 상추를 뜯어갔다고 속상해하며 욕을 해싸도 그 소리가 안 들린다고. 하지만 똑같은 중생심으로 들으면 내게도 미운 마음이 생기고 그 사람이 곱게 봐지질 않재. 그렇게 배가 필요한겨, 배가……."

그러기에 다음 생에는 기필코 출가를 하겠노라고 입버릇처럼 말하는 윤 할배. 사실 삼례도 그의 고심을 이해하지 못하는 것은 아니다. 누군들 장애 없이 피안彼岸 사바세계 저쪽에 있는 깨달음의 세계에 이르고픈 마음이 없으랴. 현실과 유정有情은 누구에게나 버겁고 무거운 족쇄다. 하지만 출가를 해야 수행하고 해탈하는 것은 아닌지라 할배는 얼마 남지 않은 이번 생에서도 강 건너 자유로워질 그날을, 그 꿈을 놓지 않는다.

어느새 전기포트에서는 윤 할배가 일부러 장암산까지 가서 길러왔다는 찻물이 뜨겁게 몸을 달구고 있다. 찬바람이 불면서부터 안방을 겸해 사용한다는 그의 차방은 할배네서 가장 편하고 아늑한 공간이다. 사실 그의 집은 어디든 24시간 열려있다. 거의 매일 손님이 끊이질 않다보니 외출할 때도 문을 열어두곤 한다. 그 푸진 공간에 친숙해진 손님들은 이젠 아예 제집처럼 드나들며 주인이 없어도 알아서 밥을 지어먹고 차를 우려 마시고 손님방에서 잠을 자기도 한다. 간판만 내걸지 않았을 뿐, 24시 다방에 식당에 여관이다. 그런 집주인이 우려내는 차 맛은 순하디 순하면서도 깊은 향이 배어있다. 그도 그럴 것이 찻물에 대한 윤 할배의 신조와 철학만 하더라도 여간이 아니다.

"아름다운 마음씨가 있어야 사람이듯 아름다운 샘이 있어야 명산이라는 말이 있재. 그런데 웬만큼 좋은 산에도 그런 샘은 드물어. 높은 산, 깊은 골짜기에서 돌을 딛고 천천히 흐르다가 샘에서 잠시잠깐 머문 놈이 찻물로는 최상인디, 산도 깊고 골도 깊으면 물이 급하게 흐를 텐데 거기서 천천히 흐르는 물이 있겄냐 말야. 그런데 이 물은 심산유곡深山幽谷에서도 돌 사이로 더디더디 흐르다가 잠시잠깐 머문 놈이란 말이시. 오래 머물러도 안 되는거. 그러면 개구락지들이 거기다 응가도 하고 사랑도 나눌 게 아닌감. 그랑께 아주 순수하면서도 까탈스런 물이재. 그런디 그런 물을 마시면 자신도 모르게 유순해지고 이해력이 커지거든."

찻물도 주인을 닮아 특이하고 귀한 품성을 지녔다만 차받침 또한 심상치 않다. 그릇 두 개가 단단히 겹친 채로 깨진 밑받침을 할배는 멍

품 차받침이라도 되는 양 소개한다.

"구워지긴 잘 구워졌는디, 두 개가 들러붙어 떨어지지 않으니까 도공이 깨버린 걸 주워온 것일세. 남들은 뭣땀시 그런 쪼가리를 갖다놨냐고 해쌌는데 여기엔 뭐가 들어있냐? 일단 맨든 사람의 열熱과 성誠이 들어 있단 말이시. 그리고 과감하게 깨버린 냉철한 판단력도 들어 있을 것이고, 또 그걸 깰 때는 얼매나 속상했겠는감. 그랑께 한恨도 들어있을 것이네. 열정과 한, 이성이 다 들어있으니 알고 보면 명품이재잉."

꿈보다 해몽이라더니 차받침은 그렇다 치고 찻상 한쪽에 버젓이 놓여있는, 반쪽이 깨져나간 다기는 대체 무슨 용도일까? 아무리 봐도 아무짝에도 쓸모없는 물건이다. 그런데 할배는 그것을 두 손으로 고이 들어 보이며, 출처가 뒤꼍 고추밭인데 인연이 있다면 밭을 갈다가 나머지 반쪽도 만나게 될 거라고 설명한다. 버려진 놈은 귀한 놈으로 대접해주고, 쓸모없는 놈은 쓸모 있는 놈으로 둔갑시키는 그의 재주가 실로 맥가이버를 뺨친다.

길을 가다가, 절에 다녀오다가, 혹은 밭을 갈다가 인연되어 주워온 물건들이 윤 할배네 창고에는 가득 넘쳐난다. 그것들을 유용하게 수선하고 조합하는 재미는 꽤나 쏠쏠해서 할배는 웬만한 살림살이는 물론 포도주 제조기 같은 기발한 발명품도 만들어낸다.

"그런데 이젠 한시가 급하당께. 갈 날도 얼마 안 남았는디 더 이상 지체할 수 없단 말이시. 나는 이래 급한데 사람들한테 너는 너를 아냐고 물으면 이상하게만 본당께. 그런데 생각해보소잉. 누구를 좋아하고 미워하는 것이 나인 줄로 아는데, 그건 마음이 그런 거지 내가 그런 게 아니잖소. 무얼 먹고 싶어도 내 마음이 먹고 싶은 거지 나는 아니고 잉. 그러면 대체 나는 누구냐고? 분명한 것은 원래는 깨끗한 놈이란 겨. 그런디 마음 그놈한테, 이 몸뚱아리 이놈한테 맨날 속고 져버린단 말이시. 더 늦기 전에 내가 어디서 온 지라도 알고가야 쓰겄는디 밤낮 몸뚱이랑 마음에 끌려다니다본께 공부를 못하는겨. 또 사람들 속에 있으면 자꾸 중생심에 휩쓸려 불성이 익을 새가 없당께. 그랑께 배가 필요한겨, 배가……."

또다시 시작된 윤 할배의 배 타령에, 삼례는 이 세상이 좌우가 뒤바뀌어 비추는 거울 같다는 생각을 해본다. 사바세계娑婆世界의 이치가 그러하여 불가에서는 이곳을 '뒤집힌 꿈'이라 했던가. 그래서 삼례는 할배에게 이런 말을 하고 싶었다. 당신이 귀중하게 여기는 명품들이 이곳에선 하찮은 고물들로 여겨질지 모른다고. 그러나 당신에겐 고물을 명품으로 빛내는 재주가 있으니 생사 본질의 문제도 당신이 머문 곳에서 열심히 주워 명품으로 빛을 내라고. 이왕지사 이런 말도 '폼 나게' 곁들이고 싶었다. 진흙밭에서 내딛은 한 걸음이 청정한 산중에서 내딛는 열 걸음보다 값지고 견고할지 모른다고. 하지만 정작 삼례의 입에선 본새 없이 핀잔 어린 소리만 나갈 뿐이다.

"아니 뒤꼍에 염소들 키우는 헛간도 있겠다, 그런 좋은 토굴을 두고 가긴 어딜 가세요. 그 속에 들어 앉아 있으면 산중이 따로 없겠는데. 염동이 도반들도 있겠다, 꼬박꼬박 밥 넣어줄 예쁜 할머니 시봉도 있겠다, 완전 무문관無門關 음식을 넣는 구멍 외에 모든 문을 걸고 참선에만 힘쓰는 선방이네요, 무문관!"

개떡 같은 말도 찰떡 같이 알아들은 윤 할배의 눈빛에 생기가 돌며 반짝반짝 빛난다.

"내 서둘러 월동 준비나 해놓고 올겨울엔 거기에라도 자릴 마련해 꽉 틀어박혀 있어볼라 하네."

영광 굴비에 곁들여진
'역지사지易地思之 마음법'

맥가이버 할배 편2

아침에 눈뜨기가 무섭게 윤 할배가 삼례에게 미지근한 물 한 잔을 내민다. 언뜻 보기엔 그냥 물인데, 절대 그냥 물이 아니란다. 일명 '음양탕'이라고 하는 보약이란다.

"뜨거우면 양陽이요, 차면 음陰이질 않나. 요것이 그랗께 음양이 같이 섞여 '음양탕'이네. 그러면 어째 약이냐? 뜨거운 물에 찬물을 부으면 막 요동을 친다고. 물론 눈에는 안 보여. 그런디 실험 삼아 고춧가루를 하나 넣어보면 막 뒤집히고 난리도 아니랑께. 음양탕이 몸 안에 들어가 그리 요동치면 피도 따라 요동치고 오장이 편해지재잉. 그걸 일주일만 먹어봐. 오장육부가 다림질되는 느낌이네. 그걸 한 달만 먹어봐. 변비가 없어져. 일 년을 꾸준히 먹어봐. 감기가 안 와."

시골 장터 어디선가 들어봄직한 약장수들의 멘트처럼 음양탕의 효능을 청산유수로 뽑아 재끼는 할배의 전직이 의심스러워지는 순간이다. 하지만 이십 년 넘게 한의학을 독학한 실력이라면 신뢰하고도 남을만한지라 삼례는 할배가 정성껏 조제해 준 음양탕을 그 복용법에 따라 식기 전에 들이켜 본다.

음양탕의 복용법은 바로 '식기 전'에 마실 것! 음양이 뒤섞여 마구 요동칠 때 원샷을 해야 음양탕이지, 요동치던 것이 진정되면 맹물로 돌아가 버리기 때문이란다. 복용법 외에 제조법에서도 주의할 점이 있는데, 컵에 뜨거운 물을 먼저 부은 다음 찬물을 부어야한다는 것. 그 이유인즉슨 이렇다.

"뜨거운 물에 찬물이 들어가면 화합이 되는디, 찬물에 뜨거운 물을 부으면 물이 물에 빠져 투신을 하는 형국인께 그건 사약이재잉."

윤 할배의 익살맞은 입담은 하여튼 못 말린다. 한편 자칭 '젊은 할매'인 그의 부인 해인심 할매는 전라도 아낙답게 손맛뿐 아니라 인심도 빼어나다. 그만큼 손도 커서 그 귀한 영광굴비를 아침상에 거방지게도 올렸다. 거기에 독에서 막 꺼낸 갓김치에 텃밭에서 따온 풋고추와 된장을 곁들이고, 김 가루를 솔솔 뿌려 조물조물 무친 가지나물까지 올렸다.

"자네는 음식을 늘 많이 해서 탈이랑께. 이번에도 굴비를 두 마리 정도는 덜 구웠어야 양이 맞재."

"아따, 그랬다가 모질라면 실컷 먹고 잡아도 못 먹잖소잉. 이왕 먹일 거 실컷 먹여야재."

남은 음식을 늘 혼자 해치우느라 애먹는 부인을 염려하는 윤 할배의 잔소리도 그녀의 넘치는 정과 큰손에는 당할 재간이 없다. 할매는 능숙한 손놀림으로 굴비 등지느러미에 박힌 잔가시까지 잡초 뽑듯 일일이 뽑아 밥 위에 얹어주기까지 한다.

　"요것이 굴비 중에 제일로 맛있당께. 영광 사람들은 요기 배 부위랑 머리를 제일로 먼저 집어먹지 않는감. 껍딱도 버리지 말고 먹어봐. 고것이 다 철분이여. 얼마나 고소한지 몰러."

　굴비도 굴비지만 삼례는 할매가 먹기 좋게 발라주는 손맛에 반해 순식간에 굴비 두 마리를 해치운다. 이참에 진짜 굴비를 속지 않고 제대로 사는 법을 알아두면 좋을 것 같아 조언을 구하니, 돌아오는 할배의 답변이 어째 삼천포로 빠진 것 같기도 하고 싱거운 농담처럼 들리는데도 자꾸 곱씹게 된다.

　"가만히 보면 모든 게 자기가 원해서 그리 된당께. 속는 것도 나좀 속여 달라고 사정해서 그린 된겨. 왜냐하면 '요거 얼마요?' 하고 물었는디 장사꾼이 천원이라고 했어. 그러면 싸게 해달라고 자꾸 깎는단 말야. 장사꾼도 속이고 싶어 속이는 게 아니라, 이윤에 맞게는 팔아야되겠고 싸게는 줘야 된께 애초부터 싼 놈이나 가짜를 싼값에 준단 말이시. 그러면 결국 가짜를 사게 되는 겨. 그랑께 그냥 믿을만한 집에 가서 그저 믿고, 주인이 '천원이요' 하면 '네 고맙습니다' 하고 천원을 주고 가져오면 된단 말이시."

　가장 먼저 숟가락을 놓은 윤 할배는 두 사람이 식사를 마칠 때까지

자리를 지키고 앉아 음식 언저리를 기웃대는 파리들을 휘휘 쫓아준
다. 그러다 파리들의 끈질긴 공세에 힘이 부쳤는지 할매에게 잔소리
를 한다.

"자네는 밖에만 나갔다 오면 어째 요놈들을 이리 몰고 온당가. 그
런데 참말로 입장 바꿔 생각하기 힘들재잉. 그래도 그것만큼 공부가
되는 것도 없당께. 사실 요놈들 입장에서 보면, 우린 밤낮으로 먹고살
겠다고 기를 쓰는디 인간들은 어째 우리만 보면 못살게 굴고 죽이느
냐고 할 것이네. 그런 생각을 하면 무턱대고 죽일 일은 아닌겨. 그래서
가끔 '파리 보살, 가시게' 하고 설득을 해보는 겨. 그렇게 타일러도 너

무 설치고 다니면 '파리 보살, 자네가 몸을 바꿀랑가? 내가 죄를 지을 랑가?' 하고 협박도 해보는 겨. 그러면 어떨 땐 안 온당께."

윤 할배의 이른바 '역지사지易地思之 마음법'에 관한 강의는 파리 보살 편에서 거미 보살 편으로 넘어간다.

"거미도 그래. 날이 어둑어둑해져 염소들 저녁밥 주러가다 매번 얼굴에 거미줄을 뒤집어쓴단 말이시. 그러면 얼매나 찜찜한지 순간 거미를 밟아버릴 생각이 들다가도 냅두는 겨. 그럼 내가 용서해준 건가? 거미는 아마 자기가 용서해줬다고 생각할거네. 입에 풀칠좀 하려고 애써 집을 만들어놓으면 인간이란 것들이 꼭 망가트려 버린께, 저 할배놈 손등을 콱 물어버리려다 말았다고 할 수도 있겄재. 그랑께 내 발등을 누가 아프게 밟았어도 내가 '죄송합니다'라고 해야 될 일이여. 하필 네 발 밑에 내 발이 있어 걸림돌이 됐은께 말여."

역지사지 마음법만 잘 익혀도 누굴 미워하고 원망할 일도, 용서할 일도 없다는 할배. 파리와 거미 편에 이어 뱀, 사슴, 돼지 등 온갖 곤충과 동물 보살들의 입장에 관한 특강을 쏟아내던 그가 커피로 입가심을 하고난 후엔 부리나케 창고로 향한다. 염소들을 돌볼 시간이란다. 할배의 작업실이자 염소들의 안식처이며 도둑고양이들의 쉼터도 된다는 그의 창고가 궁금해 삼례도 숟가락을 놓기가 무섭게 부리나케 쫓아간다. 집채보다 큰 창고의 문이 열리자, 염소들이 사는 헛간과 미로와 같이 연결된 묘한 공간이 모습을 드러낸다.

할배는 염소들의 귀를 즐겁게 해줄 라디오부터 켠다. 그리고 방앗간 기계와도 같은 그의 발명품에 풀을 넣고 돌려 염소들의 만찬을 준

비한다. 염소를 가까이에서 본 적 없는 삼례는 다소 설레는 마음으로
헛간 안으로 들어섰다. 그런데 열댓 마리의 염소들이 일제히 우르르
몰려들더니 삼례를 신기한 듯 바라본다. 고개를 갸우뚱거리며 하도
뚫어지게 보는 통에 삼례는 낯부끄러운 생각마저 든다. 마치 동물원
의 원숭이가 된 듯한 기분이다. 적반하장도 유분수라는 생각이 드는
순간, 조금 전까지 귀에 못이 박히도록 들은 윤 할배의 특강 내용이 떠
오른다. '역지사지 마음법'의 실전 편이 이렇게 바로 이어질 줄이
야……

동태찌개와 홈리스 아저씨

그 시절 인사동 편 1

삼례는 인사동의 첫 기억을 잊지 못한다. 그때는 '전통'이라는 정체성은 오간데 없이 중국산 물건들로 넘쳐나는 도떼기시장 같은 곳이 아니었다. 오랜 고가구와 고서, 문방사우를 파는 가게들이 즐비했고 그 풍경이 되레 생경하게 느껴질 만큼 전통적이고 고풍스러웠다. 그 길을 거닐다 어디선가 흘러나오는 대금 소리에 발걸음도 마음도 절로 유유자적해져 한갓진 여유로움에 흠뻑 취해들던 그런 곳이었다.

그렇게 서울 한복판에 펼쳐진 전통의 거리를 애정하게 된 후 몇 년이 지나 삼례는 그 거리 한복판에 둥지를 튼 적이 있었다. 5층짜리 건물 맨 위층에 세를 들었는데, 실내를 개조해 사무실 겸 살림집으로 사용했다. 그곳에서 여러 해를 지내다보니 인사동과 낙원동 골목 구석구석에 단골 찻집과 맛집이 생겨났고, 그곳들을 팥 바구니에 쥐 드나들듯 하다가 살가운 인연들도 맺어졌다. 낙원동 아귀찜 거리 한 귀퉁이에 자리 잡은 H식당도 그러한 단골집 중 하나다.

옛 허리우드 극장 근처에 위치한 그곳을 이성과 동행할 때는 잠깐의 겸연쩍음은 감수해야 한다. 모텔들이 즐비한 허름한 골목을 들어서야 하는데, H식당 바로 맞은편에도 가리개가 치렁치렁 드리워진 모텔이 위치하고 있기 때문이다. 하지만 그런 것쯤은 충분히 감내할 만큼 그곳의 동태찌개 맛은 죽인다. 그럼에도 가격은 무척 저렴한데, 그 가격에 공기밥까지 포함되어 있다. 동태찌개 다음으로 청국장과 김치찌개가 인기 메뉴다. 가격은 모두 똑같은데 삼례가 모처럼 들렀더니 5백 원이 올라있다.

"요즘 물가를 어디 감당할 수가 있나. 5백 원 올린지가 꽤 됐는데 왜 이렇게 오랜만에 온 거야?"

언제나 입술에 빨간 립스틱을 칠하고 커다란 빨간 밥통 옆에 앉아 손가락에 침을 묻혀가며 돈 세느라 바빴던 주인아줌마가 고맙게도 삼례의 얼굴을 알아본다. 처음엔 그 아줌마의 걸쭉지근한 입담이 도통 마음에 들지 않는데, 나중에야 그 입담이 찌개의 보조 양념임을 알았다. 그곳 손님들의 대다수는 그러한 주인의 살천스럽지만 정겨운 입담의 아이러니한 매력에 길들여진 단골들이다.

단골 연령층은 6,70대 노년층이라 손님상 대부분에는 주야로 막걸리가 곁들여진다. 이 같은 분위기를 감수하고 혼자 밥을 먹기 위해 문을 열고 들어서면 손님들의 시선이 일제히 쏠리는 경우도 있다. 그러

니 혼밥을 하기 위해 그곳에 갈 때는 외설스런 골목 분위기와 노인 취객들의 부담어린 시선과 선술집의 시끌벅적함 정도는 기본적으로 감내할 일이다.

그러고 보니 H식당에서 삼례가 혼밥을 즐기다가 생긴 잊지 못할 일들이 있다. 그중 가장 기억나는 건 초겨울 저녁나절의 일이다. 그날도 삼례는 동태찌개로 한 끼 해결하려던 참이었는데 한 아저씨가 가게 문을 열고 들어왔다. 그 아저씨가 들어선 순간 종업원은 손님들의 눈치를 살피며 얼른 나가라는 신호를 보냈다. 남루한 차림의 아저씨는 주뼛거리며 나갈 생각을 하지 않았고, 종업원은 다른 손님에게 피해가 간다며 계속 성화를 해댔다. 하릴없이 휴대폰을 들여다보며 밥을 먹으려던 중에 그 광경을 목격한 삼례는 종업원을 살짝 불렀다.

"저 아저씨, 냄새도 별로 안 나는데요. 크게 피해줄 건 없을 것 같으니까 찌개 하나만 끓여주세요. 밥값은 제가 낼게요."

소곤소곤 속삭인 말에도 아저씨는 귀가 밝은지 그 소리를 듣고는 삼례에게로 성큼성큼 다가왔다. 그러더니 밥은 그만두고 천 원만 달라는 게 아닌가. 행색을 보아하니 옷차림은 깨끗한 편이라 노숙 생활을 한지는 얼마 되지 않아 보였지만 분명 몇 끼는 굶은듯했고, 그럼에도 밥보다 천 원이 필요하다는 얘기는 십중팔구 소주를 사기 위함이렷다. 생각이 이에 미치자 삼례의 마음은 단호해졌다.

"아저씨, 제가 밥은 사드릴 수 있는데 천 원은 드릴 수 없어요."

"아니 왜?"

"천 원 드리면 소주 사 마실 거잖아요."

"그건 상관 말고 천 원이나 줘요. 밥값보단 싸잖아?"

"그러니까 밥을 먹는 게 더 이익이잖아요. 밥은 얼마든 사드릴 수 있지만 천 원은 못 줘요."

천 원만 달라고 막무가내로 고집을 피우는 아저씨나, 굳이 밥을 사겠다고 버티는 삼례의 황소고집이나 막상막하가 아닐 수 없었다. 그렇게 실랑이가 오가던 중에 아저씨는 결국 "에이 씨!" 하고 화를 내며 가게를 나가버렸다. 아저씨가 문을 박차고 나간 순간, 삼례는 일전에 누군가에게 들었던 그 말이 불현듯 떠올랐다. 당시엔 귀신 씻나락 까먹는 소리로만 흘려들었던 그 말이 자신의 머리통을 후려치듯 했다.

"가령 너무나 고통 받는 사람이 자기를 죽여 달라고 애원한다면 어떻게 해주는 것이 자비일까? 자기 생각 따윈 죽이고 상대가 원하는 걸

해주는 게 때론 자비가 아닐까?"

　한겨울의 추위도 단박에 녹일 듯 동태찌개가 보글보글 끓고 있는 가운데 삼례는 한동안 아무런 생각도 할 수 없었다. 오랜만에 빨간 밥통 옆 구석자리를 꿰차고 앉아 동태찌개가 끓기를 기다리고 있자니, 그 겨울 그 저녁나절이 생각난다. 천 원만 달라고 사정했던 그 아저씨를 행여 다시 보게 된다면 이젠 소주잔도 함께 기울여줄 수 있을 텐데…….

'허벅지 클럽' 시절에 진짜 그리운 것들

그 시절 인사동 편 2

한때 삼례는 '허벅지 클럽'의 멤버였다. 모임의 이름이 '허벅지'가 된 데에는 나름의 유래가 있는데, 그 옛날 과부들이 밤마다 바늘로 허벅지를 찔러가며 정조를 지킨 것에서 고안되었다고나 할까. 그렇다고 모임의 구성원이 과부들은 아니고, 어찌하다 혼기가 늦어진 노처녀들과 노총각들이 대부분이었다.

허벅지 클럽은 인사동의 한 주점을 오가며 낯을 익힌 사람들이 술잔을 나누고 정을 나누다가 친구나 선후배가 되어 자연발생적으로 이뤄진 모임이다. 연극인, 영화인, 작가, 춤꾼, 백수, 게이 등 다양한 직업만큼 다양한 개성을 지닌 멤버들은 사랑에 서툰 만큼 순수했고, 혼기가 늦은 만큼 결혼이라는 주제를 안주 삼아 서로의 안부를 묻곤 했다.

그저 스쳐 지날 인연이 깊은 인연으로 어우러질 수 있었던 데에는 가게 쥔장인 자칭 '주모'의 공이 컸다.

구성지고 재치 넘치는 입담을 지닌 그녀에게는 고도의 경영 철학이 있었는데, 손님들 사이를 오가며 소통과 교감을 끌어내 하나의 연대의식을 만들어내는 것이다. 그러다 정이 깊어지면 자연스레 가족과 다름없는 친구나 선후배 사이가 된다. 그렇게 이루어진 허벅지 클럽은 오가는 인연에 굳이 연연하지는 않아 멤버들은 끊임없이 세대교체가 되었고, 이젠 대다수의 구성원이 젊은 총각들로 물갈이되어 이른바 '장딴지 클럽'에 이르게 되었다.

"나야 물론 허벅지보다 장딴지가 더 좋지!(웃음) 그런데 허벅지였을 때는 며칠 밤을 새도 끄떡없었는데 이젠 나도 체력이 떨어졌는지 예전 같지가 않네. 그땐 한 손에는 소주 박스, 한 손에는 맥주 박스를 거뜬히 들어 옮겼었는데, 지금은 소주 한 박스도 두 손으로 낑낑대며 든다니깐. 체력하면 국가대표 급이었는데 이렇게 달라질 줄은 몰랐지 뭐야."

오랜만에 만난 주모가 난데없이 체력 타령을 다하는 걸 보면 세월이 흐르긴 흐른 모양이다. 그럼에도 그녀의 얼굴에 한층 발그레한 생기가 도는 까닭은 양기陽氣 충만한 '장딴지 클럽'으로 물갈이가 되어서일까. 그러고 보니 이곳 단골들은 각계각층의 인사들이 많았다. 시퍼런 눈썹 문신이 도드라진 껌 파는 아줌마와 변죽 좋은 걸뱅이 아저씨도 있었고, 지그시 눈웃음치며 기타를 메고 나타나서 만인이 원치도 않는 기타 연주를 기어코 들려주고는 휑하니 사라지는 아저씨도 있었다. 또 자정에 이르는 시각이면 어김없이 나타나 망개떡을 파는 아저씨도 있었는데 삼례는 그의 팬이었다.

춘삼월에도 머리 위에 털모자를 얹어 쓰고 그 옛날 추억의 아이스 케키 통을 메고 찹쌀떡과 망개떡을 팔러 다니던 아저씨의 인사법은 심하게 공손하여, 때론 얼떨결에 인사를 받다가 자신도 모르게 같이 고개가 숙여지곤 했다.

그 아저씨의 인사법은 언제나 한결같았다. 일단 허리를 90도로 깍듯이 숙이고는 우렁찬 소리로 "안녕하세요? 찹쌀떡이나 망개떡 한 번 드셔보세요. 아주 맛있어요"라고 외친 후, 본래부터 작은 실눈을 대체 뜬 건지 감은 것인지조차 알 수 없을 정도로 환하게 웃는다. 대다수 손님들이 손사래를 치거나 필요 없다고 거절하면, 아저씨는 처음과 마찬가지로 심히 정중한 인사와 함께 겸연쩍은 미소를 날리며 다시 한 번 이렇게 외친다.

"좋은 시간에 방해되어 죄송합니다. 즐거운 시간 보내세요~"

망개떡 아저씨는 지나가는 행인들에게도 마찬가지로 인사를 건네며 떡을 팔곤 했다. 물론 그에게 떡을 사는 사람은 거의 없었다. 대개는 힐끗 쳐다만 볼 뿐, 아저씨의 인사말이 중간에 이르기도 전에 저만치 가버리곤 했다. 그럼에도 불구하고 구태여 사람들의 뒤통수에까지 대고 "안녕히 가세요. 좋은 시간 보내세요~"라며 자신만의 인사법을 끝마친 후에야 비로소 길을 가는 그와 마주칠 때면 삼례는 슬그머니 웃음이 났다. 왠지 모를 달콤하고도 씁쓸한 웃음이……

망개라는 풀잎 파리에 싸서 찐 떡이라 붙여진 '망개떡'이라는 이름부터도 생소하지만 춘삼월에 찹쌀떡이라니, 당치도 않은 장사 콘셉트 때문에 그 '도통道通한' 서비스 정신이 빛을 발하지 못하는 게 안쓰러워 한번은 삼례가 참견을 다했다.

"아저씨, 업종이나 방법을 바꿔보면 어때요? 떡을 조금씩 나눠 팔던지, 다른 걸 팔던지. 춘삼월에 누가 찹쌀떡을 사먹겠어요."

삼례의 신중한 제안에 아저씨는 "여름에는 아이스케키를 팔 거예요"라며 더 이상의 구구한 답은 생략한 채 특유의 실눈으로 빙그레 웃어 보이기만 했다. 삼례가 인사동에 살던 시절 그는 이웃사촌이기도 했다. 늘 비슷한 시간대면 골목골목으로 퍼지던 망개떡 아저씨의 떡 파는 소리와, 행인들에게 건네는 한결같은 인사말은 마치 절간 풍경소리처럼 청아하게 울려 퍼져 삼례의 방안으로까지 흘러들었다.

이른바 '허벅지 클럽'에서 '장딴지 클럽'으로 세대 교체된 가게 한 귀퉁이에 앉아, 삼례는 깍두기를 안주 삼아 막걸리를 홀짝이며 그때 그 시절을 더듬어본다. 예나 지금이나 손님들 상 한가운데 터줏대감답게 자리한 깍두기를 제외하고는 모든 것이 빛바랜 추억으로 다가온다. 주인과 손님, 잡상인, 홈리스 등이 아무런 경계 없이 한데 어우러져 막걸리 잔을 주고받을 수 있었던, 그러다 때론 어스름한 새벽을 함께 맞이하며 해장국까지 먹으러 가는 친구가 될 수 있었던, 또 망개떡 아저씨의 단순하고 맹목적인 삶의 열정과 성실함에 반할 수 있었던, 그때 그 시절의 것들이 지금은 좀처럼 내 것으로 여겨지지 않는다. 그래서 더욱 애틋하고 그리운 걸까…….

4장

곱답아
꽃
한 송이

축생계 대표로 법문에 초대받은 강아지

파란 눈의 라마 편 1

　삼례의 얘기를 들으며 식사하던 그는 삼례의 앞접시를 빼앗다시피 하더니 테이블에 놓인 음식들을 고루 덜어 담기 시작했다. 영화 〈반지의 제왕〉에나 나올법한 이 서양인 라마Lama를 언제 다시 만나 조언을 구할 수 있을까 싶어 삼례는 그와 그의 동행이 식사를 끝내기 전에 자신의 얘기를 모두 마쳐야겠다는 생각 밖에는 없었다. 테이블 위 음식들은 바닥나고 있는데 식사는 뒷전인 삼례가 안쓰러웠는지, 그 라마는 재차 괜찮다고 사양하는 삼례에게 음식이 듬뿍 담긴 접시를 들이밀며 말했다.

　"당신은 음식을 거의 먹지 못했어요. 어서 먹어요."

　삼례는 쉴 새 없이 얘기하면서도 눈으로는 그가 자신의 접시를 빼앗다시피 해서, 테이블 위의 음식들을 고루 덜어 담아, 그 접시를 자기 앞에 들이밀며 어서 밥을 먹으라고 하는 일련의 과정을 자신도 모르게 지켜보았고, 어서 밥을 먹으라고 말한 그 시점에선 왠지 모를 뭉클함을 느꼈다. 엄마들이나 해줄법한, 그런 말이고 행위였다. 언뜻 느끼기엔 부성애 같았지만 그보다는 더 큰 무엇이었다. 만일 엄마 같고 관세음보살 같은 아버지가 있다면 그와 비슷할지 모르겠다고 삼례는 생각했고, 그것이 그와의 개인적인 첫 만남이었다.

도심의 한 절에서 마련한 티베트 불교와 관련된 법회에서 삼례는 이미 그를 여러 번 보았다. 그의 법문은 그의 복장과 인상만큼이나 독특하고 신비롭고 또 재밌기까지 해서 삼례는 시간이 날 때마다 법회에 참석하곤 했다. 달라이 라마와 달라이 라마의 스승들인 캅제 링 린포체, 캅제 트리장 도르제창을 비롯해 티베트 불교 4대 종파의 주요 스승들에게 가르침을 받고 수행한 그는 캐나다 출신의 라마로, 일찍이 티베트 불교와 관련된 서적들을 펴내며 여러 나라에서 법을 전하고 있다.

그런데 그는 일명 '개통령'으로 통하는 반려견 훈련사 강형욱만큼이나 강아지들에 대해서도 해박해서, 삼례는 그로부터 티베트 불교와 관련된 가르침 외에도 푸코에게 초콜릿을 주면 안 된다는 것과 푸코를 안고 있을 때 뜨거운 커피나 차를 마시는 것은 무척 위험한 행동이라는 것, 또 불리불안이 심한 푸코를 일주일에 한 번이라도 애견카페와 같은 곳에 데려가는 것이 강아지의 인생에서 얼마나 필요하고 중요한 일인지에 대해 알게 됐다.

동물을 사랑하는 라마 덕에 삼례의 반려견 푸코는 그의 법회에서 만큼은 굳이 가방 속에 숨어 숨죽이고 있어야하는 비밀첩보작전 따위는 할 필요도 없다. 그저 여느 수행자와 다름없는 자격으로 참석하면 된다. 공공장소에선 거의 짖는 법이 없는, 푸코의 껌딱지로서의 처세술 내지는 생존 전략이 그런 자격을 갖게 한 것도 있지만, 법회 전후로 푸코에게 다정한 인사를 건네주고 때때로 강아지와 관련된 재밌는 에피소드를 예로 들며 법문하는 라마의 배려 덕분에 푸코는 곧잘 주목받는 인사가 되기까지 한다.

"티베트에서 흰 강아지는 어린 백사자를 상징하는데, 제 스승들 중에 그런 강아지를 어디든 데리고 다니는 분이 있었어요. 그 강아지는 얼마나 짖어대는지 법회에 방해가 될 정도였는데, 스승이라는 위치가 있다 보니 어느 누구도 그것에 대해 불만을 토로하지 못했죠. 오히려 나중엔 그 강아지가 그분의 수호신일지도 모른다는 소문까지 있었답니다."(웃음)

가령 그가 이 같은 에피소드를 들려줄 때면 푸코는 불리불안이 두려워서가 아닌, 삼례를 지켜주는 수호신이라 껌딱지가 됐을 가능성이 큰 쪽으로 여론이 기울며 그 신분이 상승된다. 또 그가 다음과 같은 에피소드를 들려줄 때면 법회나 관정식에도 반려견과 동행하는 삼례의 행동이 충분히 이해받을만한 것이 된다.

"제가 어릴 때 키우던 반려견은 덩치가 큰 개였어요. 그놈을 어디든 데리고 다니고 싶었지만 당시 제가 살던 지역에선 반려견과 다닐 수 있는 곳이 무척 제한적이었죠. 물론 쇼핑센터 같은 곳은 더욱 그럴

186  187

수가 없었답니다. 그래서 하루는 시각장애인들이 쓸법한 검정색 선글라스를 쓰고 지팡이를 들고 개를 앞장세웠더니 누구도 뭐라 하는 사람이 없었죠.^(웃음) 그렇게 우린 어디든 함께 다닐 수 있었답니다."

'이번 주에 있을 관정灌頂 법회에 푸코를 데려와도 된단다.'

시각장애인 행세까지 해본 적이 있을 만큼 애견인인 라마에게 삼례가 다음과 같은 메시지를 받은 것은 새삼스런 일이 아닐 수 없었다. 그의 법회나 관정식에 푸코는 이미 자유롭게 참석하곤 했고, 사전에 그에게 허락받을 필요도 없었기 때문이다. 처음에 삼례는 어리둥절했다. 그러나 이 새삼스런 메시지 속에 담긴 의미를 알아채는 데는 오랜 시간이 걸리지 않았다. 말하자면 이건 푸코를 위한 위로와 격려의 초대장이었다.

일전에 삼례는 지방의 한 절에서 그가 지도하는 수련회에 참석하고 싶었지만 그럴 수 없었다. 푸코와 함께할 수 없었기 때문이다. 푸코의 불리불안이 얼마나 심각한지, 그 불리불안이 어째서 생긴 것인지, 그리고 그놈이 얼마나 많은 법회에 참여했는지, 그때마다 가방 안에서 단 한 번도 짖지 않고 쥐 죽은 듯 얼마나 얌전하게 있었는지에 대해 그 절의 관계자에게 조목조목 설명하며 양해를 구해봤지만 소용이 없었다.

절 근처에 텐트를 치고 야영하는 수행자들도 있었기에 삼례는 난생처음 텐트까지 구입해놓은 터였다. 수련회는 일찌감치 물 건너갔고, 저녁 법문이 끝난 후 사람들의 도움을 받아 텐트나 치고 야영의 낭만이라도 하룻밤 즐기고 떠날 요량으로 절에 머물렀다가 삼례는 한 스텝으로부터 법당 문간 옆 뒷자리에 앉아 법문만 듣는 것은 괜찮다는 안내를 받았다. 그러나 기쁜 마음도 잠시, 그 스텝은 곧바로 그 절의 스님에게 불려갔고 결국 삼례와 푸코는 법당 밖으로 나와야 했다.

"사람이나 동물이나 다 같은 생명체 아닌가요"라는 스텝의 볼멘소리를 뒤로하고 나와 삼례는 법당 바깥에서 법문을 듣기로 했다. 그러나 날은 이미 어두워졌고, 날씨는 제법 쌀쌀해진데다 법당의 창문들은 굳게 잠겨있어 아무런 소리도 들리지 않았다. 가방 속에 엎드려 눈만 껌뻑이는 푸코를 보고 있자니 왠지 모를 측은함이 밀려와 삼례는 망설임 없이 차의 시동을 걸며 푸코에게 말했다.

"그러니까 다음엔 사람으로 태어나. 알았지?"

수련회가 끝나고 얼마 지나지 않아 삼례는 그날 그렇게 가버린 것에 대해 유감스럽게 생각한다는 라마의 메시지를 받았다. 수많은 수행자들을 지도하느라 경황없는 상황에서도 그는 그 일까지 염두에 두었던 것이다. 삼례는 그제야 기억이 났다. 그날 법회가 끝난 후 그와 면담하기로 약속이 되어있었던 것을. 이런저런 핑계를 찾다가 삼례는 결국 솔직히 답할 수밖에 없었다.

　　'유순한 동물에게 단 몇 시간의 자비도 베풀 수 없는 절에선 하룻밤도 머물고 싶지 않았습니다. 덕분에 푸코와 하루빨리 돌아와 서울을 안전하게 지켰답니다 ^^;'

　　잠시 후 라마로부터 답변이 왔다.

　　'서울을 안전하게 지켜줘서 다행이고 고맙구나.'

　　오늘은 사전에 스승으로부터 정식 초대까지 받았겠다, 법회에 참석하는 푸코의 발걸음이 더욱 위풍당당하다. 티베트 불당을 운영하며 라마의 한국에서의 활동과 통역을 돕고 있는 그의 제자는 한술 더 떠 푸코를 축생계의 대표로 참석한 귀빈으로 소개까지 해준다. 그에 힘입어서일까. 푸코는 축생계의 대표답게 평소보다 더욱 느긋한 자세로 엎드려 스승과 지그시 눈을 맞추며 법문에 귀 기울이기도 하고, 만트라 소리를 자장가 삼아 단잠에 들기도 한다. 그러다가도 관정 중에 공양물과 가피를 받는 시간만 되면 귀신같이 깨어 머리를 쳐들고 차례를 기다린다. 푸코, 네 놈은 과연 축생계의 대표로다!

모든 것은 공空과 즐거움의 축제여라

파란눈의 라마 편 2

파라하우스클럽 라마 사진 제공

티베트 음력으로 매달 10일과 25일은 무척 특별한 날이다. 이날만큼 많은 이름이 붙여진 날도 없을 것이다. '바즈라 요기니 데이Vajra Yogini Day' 또는 '다키니 데이Dakini Day'라고도 하고, 닝마파티베트 불교의 한 종파에서는 '구루 린포체 데이Guru Rinpoche Day'라고도 한다. 글렌 라마의 설명에 따르면 이 길상한 날에는 천사 다키니Dakini들이 우리 안에서 춤추며 돌아다닌다는 얘기가 오래전부터 전해져온다고 한다.

"말하자면 우리의 여성성에서 깨달음의 지혜가 일어나는 날입니다. 오늘을 '쏙 데이Tsok Day'라고도 하는데, '쏙Tsok'이라는 개념과 의미는 다함께 모여 축제를 벌이고 같은 행위를 하면서 승단의 화목을 잇는데서 나왔답니다. 티베트에서부터 중앙아시아, 몽골 등에서는 한 달에 두 번씩 쏙 공양을 올리고, 달라이 라마께서도 특별한 일이 있는 해에는 십만 번의 쏙을 올리곤 하시죠."

티베트 불교에서는 남성과 여성의 결합상結合像으로 깨달음을 표현하기도 한다. 이것은 우리에게 내재된 남성성과 여성성이 균형을 이룬 상태를 보여주는 것으로, 말하자면 깨달음은 두 에너지가 완벽한 균형을 이룬 상태라고 할 수 있다. 다키니 데이에는 여성성에서 깨달음의 지혜가 일어나는 날이라 오래 전부터 많은 스승들이 그 중요성을 강조해왔고, 티베트 불교의 모든 종파가 이 날을 축하하는 의식과 축제를 벌인다고 한다.

"사실 이날은 고대 인도의 귀족 여성들과 여성 수행자들이 밤새 춤추며 축제를 벌인 것에서 기원했어요. 당시엔 깊은 지식과 영성을 소유한 이들이 여성들이었는데, 지혜가 부족한 마초 기질의 아리안들에게 침략을 받으면서 그 전통이 무너졌죠. 그런데 그것이 불교로 전입되면서 춤과 노래는 의식과 독송을 하는 것으로, 음식은 의식에 사용된 공양물을 나눠먹는 것으로, 또 술은 손가락으로 찍어 한 방울만 맛보는 것으로 대신하게 된 거예요. 술은 두 방울도 안 되고 딱 한 방울이어야 합니다.(웃음) 달라이 라마의 종파인 겔룩파에선 거기까지만 계율을 어기는 게 아니기 때문이죠. 술은 비개념적인 마음을 뜻하기도 해서, 제가 몽골에 있을 때 절의 주지로 있는 제 친구는 차를 타고 가다 어떤 사람이 술에 취해 길에서 잠을 자거나 기어 다니고 있으면 '저 사람은 아주 깊은 비이원성의 경지에 들으셨네'라곤 했죠."(웃음)

글렌 라마의 법문을 들을 때면 삼례는 발터 벤야민이 말한 '이야기꾼'이 오늘날에도 있다면 바로 그가 아닐까, 하는 생각을 하곤 한다. 시공간을 초월한 먼 곳의 이야기를 들려주며 지혜를 전달해주는 그런 이야기꾼 말이다. 게다가 라마는 시와 유머를 무척 사랑하는 이야기꾼이라, 그의 법문에서는 역대 달라이 라마들이 지은 아름다운 시가 유쾌한 농담과 함께 날아다닌다. 날이 날이니만큼 오늘 그의 유머는 호랑이 담배 피우던 시절부터 이어져 온, 이 신비롭고 아름다운 깨달음의 날을 더욱 즐겁고 풍요로운 축제로 만든다.

"어떤 축제에서든 음식이 겸비되잖아요. 이날은 많은 음식과 공양물이 준비되기 때문에 티베트 사람들이 더욱 좋아하고 중요하게 생각하죠.(웃음) 중국이 티베트를 침략했을 때 티베트 사람들이 너무 많이 먹는다고 불만스러워했는데, 티베트는 척박한 고산지대라 숨만 쉬어도 많은 에너지가 소모되기 때문에 그럴 수밖에 없어요. 한국 절에서도 매일 풀만 먹다가 특별한 행사가 있을 때면 여러 음식을 준비하고 잔치를 벌이잖아요. 그와 비슷하다고 할 수 있어요."

깨달음의 축제에 공양 올리는 음식들은 언제나 특별할 수밖에 없다. 그 메뉴가 무엇이든, 그 양과 가짓수가 어떠하든 상관없다. 그것은 우리의 명상과 관상觀想, 진언眞言, 수인手印 등을 통해 우주를 수놓을 만큼 성대하고 신성한 공양물로, 최상의 감로수로 변형되기 때문이다. 또 우리는 관상을 통해 온 우주의 부처와 보살들, 스승들, 세속적인 신들, 육도의 존재들까지 모두 귀빈으로 초대한다.

"맨 처음엔 자신의 주된 스승과 법맥 스승들에게 공양 올리고, 그다음엔 자기 자신인 본존本尊으뜸가는 부처에게 올린 후 보편적 깨달음의 본존과 부처들, 삼보三寶불·법·승에 올립니다. 또 바즈라 요기니와 지혜의 수호신들, 세속적인 수호신들 순으로 올린 다음 육도의 중생들에게도 올리죠. 이렇게 모든 손님을 관상으로 초대해 공양 올린 후 서로 음식을 나누고 그 일부는 덜어 바깥에 놔두는데, 그건 배고픈 영혼들을 위한 것이랍니다."

우리의 상상으로 불단의 차와 떡과 말린 망고 등이 신성한 감로수로 변형되었다. 또 우리의 상상으로 최고 높은 경지의 존재들부터 최하층의 존재들까지 모두 한자리에 모여 한바탕 축제를 벌인다. 지혜가 춤추며 깨어나는 깨달음의 축제를…….

슈퍼맨의 옷을
입을 준비가 되었습니까?

파란 눈의 라마 편3

정말 재밌게 읽었던 소설이 있다. 그냥 재밌는 게 아니라 자꾸만 생각나게 하는, 그런 요상한 재미가 있는 소설이었다. 수년 전에 읽었던 그 짧은 소설 속 '너구리'에 대해 삼례는 지금도 한 번씩 생각할 때가 있다. '모든 것은 즐거움의 문제'라는 소설의 대목도 종종 떠올려보곤 한다. 왜 모든 것이 즐거움의 문제일까……. 소설의 한 구절이 이를테면 화두가 되어가고 있었던 것인데, 그것을 까맣게 잊어버리고 있을 무렵 그 너구리가 다시 나타났다. 그리고 속삭였다. 거봐, 모든 것은 즐거움의 문제라니깐!

"몇 세기를 걸쳐 항시 중요했던 건, 법法이라는 것은 재밌고 즐거워야 한다는 거예요. 쫑카파티베트 불교의 대표 종파인 겔룩파의 창시자께서는 법

은 처음 시작도 즐겁고, 중간에도 즐겁고, 끝에도 즐거워야 된다고 하셨죠."

까먹고 있던 그 너구리가 불쑥 다시 나타난 것은 글렌 라마가 법문 중에 이 같은 애기를 할 때였다. 박민규의 〈고마워, 과연 너구리야〉를 읽고 삼례는 '그렇지, 소설이 이 정도는 재밌고 즐거워야지'라고 생각했었는데, 재밌고 즐거워야하는 것이 소설만이 아니라 법도 그래야 한다니, 수행도 그래야 한다니……

법이 즐거우려면, 수행이 즐거우려면 그것을 즐길 수 있는 요령이 있지 않을까, 하는 생각으로 이어질 때 때마침 라마가 그 애기를 꺼냈다.

"서양에선 복잡한 문제나 고민거리가 있을 때 'I sleep on it'이라고 하는데, 자고 나서 결정하면 좀 더 명료한 결정을 할 수 있다는 의미가 있죠. 그만큼 저녁과 밤은 우리 의식이 시간의 강박에 구속되지 않고 무한한 시간의 개념이 가능해져 지혜를 증대시키기에 좋은 상태라고 할 수 있어요. 저녁시간을 어떻게 보내느냐, 잘 때 어떻게 자느냐의 문제는 영성적인 방향과 성취와도 크게 연결이 되죠."

이른바 '슬립 요가Sleep Yoga'가 중요한 것은 이 때문이다. 잠자리에 들 때 몸과 마음을 완벽하게 이완된 상태로 만들어 우리의 의식과 마음을 완벽한 명료함으로 이끄는 것이 중요하다. 즉 제로 불안감, 제로 스트레스의 상태로 만드는 것이다. 낮 동안의 스트레스를 풀고 근심이 끊어진 상태에서 편안히 휴식하는 단순한 것부터 잠과 꿈 요가Dream Yoga를 통한 세밀한 것까지 그 지침은 방대하다.

"아침에 깨어났을 때 하는 '웨이컵 요가Wake-up Yoga' 또한 슬립 요가 만큼이나 중요해요. 티베트 불교에서는 아침에 막 깨어난 5분간이 그날 하루를 결정한다고 할 만큼 중요시하는데, 아침에 깨어나면 침대에서 그냥 뛰쳐나오듯 하는 게 아니라 낮 수행으로 변화를 주는 절차가 필요하죠. 슈퍼맨이나 스파이더맨이 옷을 갈아입고 변신하듯 말이죠.(웃음) 우선 강렬한 알아차림이 필요한데, 아침에 눈뜨면 오감五感을 하나씩 일깨워 들려오는 소리와 냄새를 아름다운 만트라와 감로수의 향기로 생각하는 겁니다. 또 보이는 것, 맛보는 것, 촉감도 최상의 것으로 느끼고 그렇게 알아차리세요. 선이든 위빠사나든 티베트 명상이든 이 알아차림이 없이는 어떤 명상도 성공할 수 없어요."

웨이컵 요가는 마치 부처와 같이 아무런 집착도 주체도 없는 차원의 오관五官으로써 최고의 것을 느끼고 알아차리는 것으로 시작된다. 강한 알아차림으로 오관을 큰 즐거움으로 일깨워 축제적인 경험을 하는 것이다. 라마의 표현대로면 이제 우리는 슈퍼맨이나 스파이더맨의 비밀스런 옷을 갈아입고 낮의 세상으로 나갈 준비를 하는 것이다.

초능력의 옷을 벗고 있더라도 염려할 필요는 없다. 오관의 문 앞에서 우리의 다섯 다키니가 해가 떨어질 때까지 춤추며 함께할 것이기 때문이다. 그 어떤 일이 있어도, 누구를 만나도 공성空性과 즐거움의 지혜로 흔들어줄 것이기 때문이다. 그래서 티베트 불교에서는 우리의 오관을 오불여래五佛如來, 즉 다섯 가문의 주인으로 여긴다고 한다. 우리가 보고, 듣고, 냄새 맡고, 맛보고, 느끼는 본질 자체가 다키니인 것이다. 그러기에 오불여래를 활짝 열어놓고 매순간 그곳에서 다키니가 춤추며 즐거움과 공성을 경험하도록 두기만 하면 삶의 모든 경험은 커다란 즐거움과 공성이 된다. 라마가 "이것은 결코 환상의 무대가 아니다"라고 말할 때 삼례의 너구리가 팔짝 뛰어오르며 다시 소리쳤다.

"거보라니깐. 모든 것은 즐거움의 문제라니깐!"

"불교 의학에 따르면 자신의 혀가 자신에게 약이 되는 음식을 정확히 알고 그것들을 원한다고 합니다. 수행도 마찬가지죠. 제 스승들 중 누구도 어떤 수행이 더 좋으니까 무조건 그것을 하라고 얘기하신 분은 없어요. 수행의 방편들을 가르쳐주신 다음 각자 경험해보고 어떤 것이 자신에게 즐겁고 적합한지를 알아내도록 권장하고 도와주셨을 뿐이죠. 제 경우엔 처음부터 야만타카Yamantaka와 공성에 대한 수행이 끌려 그것만 몇 년간 했는데, 그다음엔 보리심에 끌리기 시작했고 그후엔 로종Lojong에 관심이 쏠려 그것을 수행했죠. 그러니 자신에게 가장 큰 영향력과 긍정적인 결과를 미치는 수행이 무엇인지를 스스로 경험해서 알아내는 것이 중요해요."

음식이나 수행이나 각자의 입맛에 맞게, 각자의 취향에 맞게 다양하게 존재한다는 것. 또 그것이 시기에 따라, 필요에 따라 적절히 나눠준다는 것은 즐겁고 행복한 일이 아닐 수 없다.

"그래서 달라이 라마께서는 이것이 바로 법의 아름다움이라고 하셨죠. 화엄경에서는 범부가 백가지 맛있는 음식을 먹어도 단 한 가지 맛을 느끼기 힘들지만, 깨달은 부처는 맛없는 음식에서도 백가지 맛을 느낀다고 했어요. 부처는 탁발해서 음식을 드셨는데 누가 어떤 음식을 줘도 개의치 않아했죠. 어떤 음식에서도 최고의 맛과 백가지 맛을 느꼈기 때문이에요. 그러니 우리가 부처와 같은 오관을 통해 경험하는 모든 상대와 경험은 굉장한 즐거움이고 유쾌함일 수밖에 없답니다."

그러고 보니 이 세상은 음식을 맛보는 즐거움 외에 소리를 듣는 즐거움, 냄새를 맡는 즐거움, 눈으로 보는 즐거움, 또 만지고 느끼는 즐거움 등 온갖 즐거움들로 넘쳐나는 축제의 장이었다. 그간 삼례는 전혀 생각해본 적도 없는 즐거움들이다. 결국 소설도, 법도, 수행도, 보고 듣고 냄새 맡는 모든 것도 즐거워야하는 것이고, 즐거워야한다는 것은 그것들이 본디 즐거움이라는 것이고, 그래서 모든 것은 즐거움의 문제인 것이었던, 것이다!

"강한 알아차림과 브렌딩 요가Blending Yoga를 통해 축제적인 분위기를 우리 오관에 불어넣고 우리 인생에 불어넣는 것이 중요해요. 그러니 자리에서 일어나면 이곳을 정토의 만다라로 생각하고 자신을 부처나 불보살 등의 본존으로 강하게 일으키고 알아차림 하세요. 그 자존감과 자신감으로 당당히 하루를 살아가는 겁니다. 이것은 아만과는 다른, 나에 대한 귀중한 자존감과 자신감인 거예요."

다키니들이 깨어나 춤추는 이 성스럽고 즐거운 축제를 마감하며 라마가 묻는다.

"자, 이제 슈퍼맨의 옷으로 갈아입을 준비가 되었습니까?"

요리로 세상을 밝히는 환상법의 대가

방랑식객 임지호 편1

자연요리 연구가인 임지호 셰프를 삼례가 다시 본 건 모 방송국에서 방영한 다큐멘터리에서였다. TV 속 그는 남도 갯벌에서부터 내륙의 산간 마을과 지리산 자락에 이르기까지 전국 방방곡곡을 여행하고 있었다. 비금도 갯벌의 염전에서나 지리산의 촌부락에서나 그는 부지런히 음식의 재료를 찾고 있었다. 그리고 길 가운데에서 만난 순박하고 정겨운 사람들을 위해 인근에 지천으로 널린 재료들을 구해와 정성껏 음식을 지어냈다.

　비금도 염전에서 만난 사람들에게는 그곳의 천일념과 갯벌과 선인장을 이용해 듣도 보도 못한 갯벌 양념과 선인장무침을 만들어주고, 지리산 자락에서 만난 할머니에게는 그녀가 "사람은 먹지 못하는 돌옷"이라며 극구 말리는 돌담의 오래된 이끼를 걷어 "할머니에게 돌옷의 진실을 보여드리겠다"며 이른바 '돌옷 국물'을 우려주었다. 충청도 감나무골에서 만난 아흔이 다 된 할아버지에게는 30년 전 떠나보낸 할머니를 여전히 잊지 못하는 그의 애틋한 순정을 위해 그 집 처마 밑에 달아놓은 감을 따다, 찹쌀과 버들을 곁들인 감떡을 만들어 선사했다.

　갯벌, 선인장, 이끼, 버들, 사철나무, 그리고 사람들이 잡초로 취급해 거들떠보지도 않는 낯선 풀잎까지도 그의 손을 거치기만 하면 누구도 상상 못한 근사한 요리가 되었다. 그러한 재료들은 비단 음식만이 아니라 세상에 하나밖에 없는 그릇이 되기도 한다. 이끼가 국물의 재료와 그릇이 되고, 갯벌이 양념이 되고, 선인장이 무침이 되는 공식도 없는 신통방통한 변신에 사람들은 놀라고 새로워하며 "오메, 먹기

아까운 것""맛이 기가 막혀부리는구먼!""시방 뭔 지랄을 한 거래요?""약이다 약!"이라며 제각각 살가운 소감들을 쏟아놓았다.

쉼 없이 떠나는 길 위에서 그는 그렇게 자연과 음식과 사람들과 그들의 사연 속에서 새로운 이야기를 만들어내며 소요하고 행복해했다. 아귀 소굴 같은 세상 속에서도 음식을 통해 사람들과 유유자적 노닐며 아름다운 삶을 지어내고, 한편 그러한 삶을 관조할 줄 아는 그의 모습은 이미 세상 이치를 통달한 듯 했다. 아니 그에게 있어 세상은 이미 어지러운 아귀 소굴이 아닌지도 모른다.

물론 그의 인생에도 모진 역경과 시련이 있었다고 한다. 젊은 날의 방황은 일치감치 시작되어 12살에 집을 나와 전국을 떠돌기 시작했고, 음식을 배울 수 있는 자리라면 어디든 뛰어들어 온갖 식당의 보조로 일하며 지냈다. 음식에 빠져들수록 자신이 생각하는 음식이 그 어떤 식당에도 책에도 없다는 걸 알게 되었고, 그렇게 갑갑증이 일어날 때면 앞치마를 벗어던지고 사라지곤 했다. 산이나 동굴에서 잠을 자기도 해서 간첩으로 오해받던 시절도 있었다. 음식을 만드는 자로서 재료의 속속들이를 아는 것은 지극히 당연한 일이라, 길가에 난 풀들을 닥치는 대로 뜯어먹다가 시력이나 목숨을 잃을 뻔한 고비도 여러 번 있었다.

구도자와 다름없는 절절했던 방황은 40대 전까지 이어졌고 그렇게 길 위에서, 자연에서 뒹굴며 알게 된 음식에 담긴 진리는 곧 삶에 대한 통찰이기도 했다. 어쩌면 애초에 그가 구한 것은 음식이라기보다 음식을 통한 존재와 삶에 대한 의문이었는지 모른다.

"그렇게 떠돌 때 아무 조건도 없이 재워주고 먹여 준 사람들이 있었어요. 아마 그들이 없었다면 길에서 굶어 죽었을지 몰라요. 배고플 때 수제비나 국수 한 그릇 얻어먹으면 그 맛은 그야말로 꿀맛이었죠, 꿀맛⋯⋯."

방황하던 시절에 자신을 걷어준 이들의 마음을 잊지 못해 지금도 여행길에서 만난 얼굴, 얼굴이 반갑고 고마워 음식을 만들어주려는 그에게는 이제 자연요리 연구가 외에 '방랑식객' '요리계의 앙드레김' '밥 도인' 등과 같은 여러 수식어가 따른다. 내 몸이 곧 자연 그 자체라 들판에 널린 풀만 보아도 들썩들썩 신이 나고, 사람만 보면 음식이 그려지고 손이 움직여진다는 그의 음식 철학은 남다르다.

"외국산 재료들이 우리 밥상에 오기까지의 거리를 생각하면 그런 것들이 몸에 이로울 게 하나도 없어요. 신선도 떨어지죠, 그걸 유지하기 위해 농약과 방부 처리를 하는데 요리할 때 제아무리 세척한들 이미 본래의 것을 잃어버렸는데 어떻게 좋을 수 있겠어요. 우리 내장의 거리를 넘어선 재료들은 굳이 먹을 필요가 없어요. 그 거리는 짧을수록 좋아요. 주변에 흐드러지게 많이 나는 것들이야말로 그곳에 사는 사람들에게 필요해서 있는 거예요. 그걸 최대한 음식에 접목시켜야 해요."

음식의 재료를 찾아 지천을 떠돌다 만난 사람들과, 그들과 나눈 음식 속에서 삶의 지혜를 구하는 임지호에게 음식은 단순한 의미 이상이다. 존재에 대한 방황과 그 속에서 체득한 지혜로 인해 그가 짓는 밥은 세상을 아름답게 맑히고 밝히는 뗏목과도 같은 도구다. 그래서 그에게 음식은 이 풍진 세상에 꽃을 꽂아 아름답게 수놓는 '환상법'의 수단인 것이다.

곰탕에 꽃 한 송이 꽂기

방랑식객 임지호 편 2

그는 국내는 물론 세계적으로도 명성이 알려진 자연요리 연구가이지만 삼례는 '곰탕에 꽃을 꽂는' '밥 도인'으로 기억하고 있다. 그가 지은 밥에는 사람들의 허한 뱃속은 물론 그러한 마음까지 든든하게 채워주는 진실한 인간애가 녹아있다. 그러기에 실로 '공양供養공경의 마음으로 음식이나 재물 등을 바치는 행위 또는 음식'이다. 공양……. 그의 음식은 물론 그의 삶을 표현하기에 이보다 적절한 말은 없을 거라고 삼례는 생각했다. 식재료를 찾아 산으로, 들로, 염전으로 팔도의 산천초목을 방랑하다 만난 사람들에게 따뜻한 음식을 지어주는 그의 인생 여정이 공양과 다름 아니기 때문이다.

수년 전 그가 운영하는 밥집에 삼례가 처음 찾아갔을 때도 그러했다.

당시 동행한 지인 중에 임지호 셰프를 만나야 될 일이 있다고 해서 그의 식당까지 찾아간 날, 그는 주방에서 요리를 하는 중이었다. 우리는 별다른 기대 없이 가장 저렴한 정식 차림을 주문했다. 그런데 작은 꽃게들이 달맞이를 하러 가는 꽃게튀김이며, 돌나물이 봄을 알리듯 꽃처럼 핀 난자요리며, 음식 하나하나에 배인 예술적인 노고와 정성에 감동할 수밖에 없었다.

미국에서 온 지인이 그를 만나려 했던 이유에도 그와 비슷한 사연이 있었다. 그가 미국에 있는 한 절에 와서 주변에 난 풀을 뜯어 공양을 지어준 적이 있는데, 그 음식을 먹어본 한 미국인이 깊은 감동을 받아 한국에 가면 대신 안부를 전해달라고 부탁을 했다고 한다. 그런 연유로 그날 그와 그의 요리를 만나게 되었고, 그는 오랫동안 시간을 내어 자신의 음식 철학과 언젠가는 아프리카로 건너가 그곳의 많은 사람들에게 공양을 올리고 싶다는 근사한 꿈에 대해서도 들려주었다.

언제부터인가는 불현듯 그림을 그려야겠다는 생각이 들어 본격적으로 붓을 잡게 된 사연까지 들려주며, 그는 낮에는 요리하고 밤에는 시간가는 줄도 모르고 새벽까지 그림을 그린다고도 했다. 그렇게 그린 그림들은 양도 양이지만 그 수준 또한 동행한 화가 출신의 지인도 엄지를 들어 올릴 만큼 프로급이었다. 붓다에서부터 예수, 달마, 징기스칸, 원효, 모택동, 환상법, 사랑 등등 까만 전지에 페인트로 그려낸 독특한 그림들은 주제도 그렇거니와 그림에 쓰인 재료 또한 그의 요리와 닮아있었다. 무엇보다 비범한 것은 자신의 생각이나 의도가 개입되지 않은 순간적인 붓질과 표현이었다.

"그림을 그릴 때는 시공時空도, 아무 것도 없어요. 그저 그릴 뿐이죠. 그러다 어떤 파장이 치고 들어오면 붓을 바로 놓아버립니다."

그 어떤 공식이나 틀에서 벗어나있는 그의 그림은 그가 만들어낸 요리만큼이나 자유 자재했다. '생각 없이 글쓰기'라는 꿈을 꾸는 삼례에게 그의 그림은 그야말로 '생각 없는 그림'이었다. 호기심 많은 삼례에게 그는 삶을 아름답게 살아내는 화두와 같은 묘책을 일러주었다. 그것을 일컬어 그는 '환상법'이라 했고, 환상법의 비책 중 하나가 바로 곰탕에 꽃 한 송이를 꽂는 것이었다. 그 말이 나온 것은 그가 그린 그림첩을 재차 넘기며 감상하던 중에 '사랑'이라는 주제의 그림을 발견하고 였다.

"사랑을 음식으로 표현한다면 어떤 음식에 비유할 수 있을까요?"

삼례의 뜬금없는 질문에 그는 서슴없이 '곰탕'이라고 했다.

"음식에는 법도가 있어요. 어떤 것은 짧은 시간에 단순하게 조리할 게 있고, 어떤 것은 푹 고아야 할 것이 있죠. 가령 사랑을 고백할 때는 오래도록 푹 고아야하는 곰탕과도 같아야 해요. 곰탕을 정성껏 끓여 놓고 거기에 꽃 한 송이를 꽂는 것……. 그것은 환상법이죠."

삼례의 머릿속은 순간 정지되었다. 식당 문을 나설 때야 비로소 생각이 다시 작동되어 "그럼 꽃을 꽂기 전의 곰탕은 뭔가요?" "곰탕에 굳이 꽃을 꽂아야 할 이유가 있나요?"라며 어리석은 질문들을 쏟아냈다.

"곰탕은 진리를 구하는 법이라, 꽃을 꽂는 건 거기에 환상을 부여하고 입히는 거죠. 행복하게 사는 여러 방법 중 하나에요. 그냥 살면 뭐하나요?"

그의 명쾌한 설명을 뒤로 한 채 달리는 차 안에서도 삼례의 아둔한 머리는 꼬리에 꼬리를 물고 계속 되묻고 있었다. 왜 하필 곰탕이지? 곰탕이 어째 진리를 구하는 법이지? 곰탕에 꽃은 어떻게 꽂아야 하나? 그걸 꽂으면 뭐가 달라지는데? 환상법이 과연 필요한 걸까? 그러면 좀 살맛날까?

　　곰탕이라는 음식이 그러하듯 그가 한 말의 의미를 제대로 소화하기까지 삼례에게는 오랜 시간이 필요했다. 그 맛의 깊이를 단박에 알 순 없었지만 왠지 아주 마음에 들어 그 후로 삼례는 이른바 '곰탕의 꽃 한 송이'를 삶의 지침처럼 여기기로 했다. 그리고 이제야 비로소 조금 이해하게 된 것은, 그는 삼례에게 삶을 지혜롭고 풍요롭게 살아가는 하나의 처방과 비법을 알려주었다는 거다. 그냥저냥 글 나부랭이나 쓰며 어영부영 살아가는 자신에게 아주 적절한 처방이었다는 생각이 두고두고 든다.

　　전라도 섬마을로, 지리산 촌부락으로, 강원도 두메산골로 이 땅 구석구석을 돌며 남들은 거들떠보지도 않는 허드레 풀로도 최고의 음식을 지어 사람들과 나누고 소통하며 임지호는 그렇게 곰탕에 꽃을 꽂는다.

　　"세상이 전부 스승이고 요리 재료인데 어떻게 머물러 있겠어요. 아마 못 걸어 다닐 때까지 여행을 하겠지. 살아있는 동안에는 끊임없이 그렇게 할 거예요. 또 다른 내 안의 행복을 찾아서 항상⋯⋯."

　　그래서 끊임없이 길을 떠날 수밖에 없다는 방랑식객 임지호. 그는 가히 '환상법의 대가'이자 '밥 도인'이다.

둘이 아닌 길, 평정심으로

방랑식객 임지호 편 3

산다는 것은 '이별 연습'인 것 같다고, 장례식장에서 만난 누군가 이런 말을 했을 때 삼례는 고인을 애도하기 위해 예의 치레로 하는 말 정도로 여겼다. 그런데 그 의미를 뼈저리게 공감하는 데는 오랜 시간이 걸리지 않았다. 그냥 알고 지낸 사이였든 제법 정이 든 사이였든, 혹은 이별을 상상하기조차 힘들만큼 사랑한 사이였든지 간에 함께한 삶을 먼저 떠나는 이들이 하나 둘 늘어날수록 산다는 것은 이별 연습과 다름없었다.

아무리 반복해도 익숙해지지 않고, 앞으로도 결코 익숙해질 것 같지 않은 그런 연습의 과정 속에서 어떤 이와의 이별은 오래도록 아쉬웠고, 어떤 이와의 이별은 도무지 실감 나지 않아 한동안 먹먹했고, 어떤 이

와의 이별은 너무도 갑작스러워 자다가 벌떡 일어나곤 할 만큼 애가 타고 화가 나기도 했다. 그렇게 그들이 앞서갈 때면 삼례는 이 비루한 삶에 남겨진 자신이 쓸쓸하기 짝이 없었고, 대체 그들이 어느 곳으로 떠난 것인지 궁금하기 짝이 없었고, 심지어는 부럽기 짝이 없을 때도 있었다. 어쨌든 그들은 또 다른 여행을 떠난 것일 테니 그들의 슬픔이나 그리움이 이곳에 남겨진 사람만 할까, 하는 생각이 들기도 했다.

죽음은 그 순간에 들어서지 않고서는 누구도 답을 알기 어려운 문제지만, 그래도 삼례는 알고 싶었다. 떠난 이들에 대한 그리움이 깊어질수록 그 답을 알고 싶어 미칠 것 같았고, 탈옥의 기회도 마다하고 기꺼이 독배를 마시며 이제야 죽음의 답을 알 수 있는 순간이 왔다고 오히려 설레어 했던 소크라테스의 심경마저 이해하고도 남을 것 같았다.

"그 어르신도 참…… 뭘 그리 급하게 가신 건지……. 내가 이놈의 술을 끊으려 해도 끊을 수가 없다니까."

하루가 멀다 하게 술을 마시는 것이 탈이지만 선하고 순박한 것이 매력인 Y액자집 사장에게도 이별 연습은 아무리 반복해도 익숙해지지 않고 무뎌지지도 않는 난감한 숙제인가보다. 제발 그놈의 술 좀 줄이라는 온 동네 지인들의 잔소리를 달고 사는 그가 화가들이 주문한 액자를 만들며 오늘은 빈속에 보드카를 홀짝이고 있다. 알코올의 기운과 비례해 늘어나는 그의 입담에 때때로 장단을 맞추다 보면 순하고 순한 그의 속내와 고민까지 듣게 될 때가 있는데, 이번만큼은 충분히 '이유 있는' 음주인 듯싶어 삼례는 그 이유에 귀 기울여본다.

"그 어르신이 전시회할 때나 식당 새로 개업할 때 내가 액자 제작을 맡아서 알게 됐지. 그런데 어느 날은 당신 식당 근처로 불러내더니 '자넨 너무 말랐어. 고기 좀 먹어야 되네' 하면서 소고기를 사주시는 거야. 그런데 TV에 나오실 때도 당신은 음식을 먹지 않으면서 상대방만 챙겨주잖아. 나한테도 그러시는 거야. 당신은 고기 한 점 먹지도 않으면서 나한테만 계속 먹으라고 구워주시더라고. 나보다 연세도 많은 분이 그러는데 내가 어떻게 혼자 편히 먹겠냐고……."

화가로도 활동한 그가 자신이 자주 드나드는 Y액자집의 단골이었다는 사실을 그제야 안 삼례는 액자집 사장과 그에 대한 추억을 공유하며 그가 떠난 사실을 애써 실감한다. 소크라테스도 공자도 살아서는 무어라 답해줄 수 없었던 그 어려운 숙제의 답을 혹여나 그는 알까……. 언제부터인가 TV 예능 프로그램에 출연해 치유와 감동의 밥을 짓고 있는 그의 모습을 보다가 삼례는 불현듯 그런 생각이 들었다. 오랜만에 그를 만나야 될 일이 생겼을 때 삼례는 죽음 직전 소크라테스의 마음을 오히려 설레게 했던, 그토록 미스터리하고 어려운 화두에 대한 그의 생각이 알고 싶었다. 그를 다시 만나면 이 같은 질문도 하고 싶었다. 죽음을 어떤 음식에 비유할 수 있을까요?

그러나 삼례는 그에게 묻지 못했고 그를 만나지 못했다. 그런데, 그렇다고 그를 만나지 못한 것도 아니었고 그의 답을 듣지 못한 것도 아니었다. 그를 만날 날을 목전에 두고 그가 갑자기 심장마비로 별세했다는 소식을 접한 날, 삼례는 꿈을 꾸었다. 꿈속의 그는 세미 정장 차림을 하고 자신을 배웅 나온 많은 사람들에게 목례를 하며 걸어 나갔다. 갑작스레 떠나는 상황에서도 놀라거나 당황스러워하는 기색도 없이, 어떤 미련도 없이, 너무나 담담한 그의 모습에 삼례는 서운한 생각까지 들었다.

그를 만나려 한 날, 그의 식당이 아닌 장례식장을 찾게 될 줄은 꿈에도 상상 못한 일이었건만 영정사진 속 그는 환하게 웃고 있을 뿐이었다. 갑작스런 이별에 대한 충격과 슬픔은 떠나는 이의 것이 아니라 남아있는 이들의 몫일뿐인 듯 느껴졌다. 죽음은 또 다른 삶의 시작이기에 그는 언제든 그 길 또한 떠날 준비가 되어 있었던 걸까. 그렇게 다시 길 떠나는 그의 모습은 어떤 일에도 평정심을 잃지 않는 '방랑식객'다웠다.

장례식장에 다녀온 후로 삼례는 그가 출연했던 TV 프로그램들을 뒤늦게 찾아보며 안타까운 마음을 달랬다. 그러다가 그의 인생 여정을 기록한 〈밥정〉이라는 영화를 보게 되었다. 자신을 낳은 어머니와 길러준 어머니, 그리고 생모의 흔적을 찾아 떠돌던 길에 우연히 만나 자신에게 된장국을 끓여주어 인연된 어머니……. 그는 세 어머니 외에도 세상의 모든 어머니가 자신의 어머니라고 했다.

그의 영화를 보며 삼례는 여러 기억이 스쳐갔다. 공양주 할머니들의 노고와 이야기를 담은 책의 추천사를 받기 위해 그를 찾아갔을 때 그는 식당일로 바쁜 와중에도 그 책의 내용과 의도를 듣자마자 눈빛을 빛내며 다음과 같은 내용을 단박에 써내려갔다.

'우리가 먹는 밥 한 그릇 속에 담긴 한 톨 한 톨의 곡기가 우주요,

교감이다. 그 한 톨의 곡식에 물이, 불이, 마음이 담기면 생명이 살아난다. 피가 돌고 눈빛이 살아나며 맥박이 뛴다…… 깊고 음습한 곳에서 묵묵히 밥 짓는 공양주는 어둠을 밝히는 빛이며, 그들의 손길에 와 닿는 음식의 재료들은 우주 자연의 합창소리다. 향기다. 사랑이다. 전설이다. 깨닫고 깨닫지 않고는 개인의 몫이요, 보리밭 밟고 가는 노력처럼 추위를 걷어낸 봄밭이 마냥 사랑스러운 감동이 되는 것은 밥을 창조하는 사랑이 있기 때문이 아닌가 싶다.'

삼례가 자신의 노모와 그의 식당에 방문했을 때는 그가 일일이 서빙까지 하며 초면인 노모를 유독 챙겼고 지극정성으로 음식을 대접했다. 노모에 대한 그의 태도는 허물없는 관계에서나 볼법한 친근함이었고 친절 이상의 보살핌과 공경이었다. 그래서였을까. 음식 값이 만원만 넘어도 비싸다고 여기는 노모가 웬일로 그날은 1인분에 몇 만 원이나 하는 그의 음식에 대해 "이 가격에 남는 것도 없겠고만" 하며 걱정을 하기까지 했다.

그 어머니가 떠난 후 너무나 그리워 도저히 살 수 없을 것만 같은 날들을 보냈노라고, 그 어머니가 떠난 후 죽음이 무엇인지 너무나 알고 싶었지만 알 수 없어 괴로운 날들을 보냈노라고, 사실 삼례는 그를 만나러 가기 전에 메일로 안부를 물으며 이 같은 심경을 토로했었다. 그런데 어릴 때 헤어져 얼굴도 기억나지 않는 생모의 흔적을 찾아 전국을 떠돌다 방랑식객이 된 그에게는 얼마나 철부지 같은 소리이고 투정 같았을까. 삼례는 그의 영화를 보고서야 그가 어머니라는 존재들에 대해 왜 그토록 각별했는지 이해할 수 있었다.

"만났겠지, 만나겠지, 혹은 나도 모르게 지나갔겠지, 이런 생각들이 계속 반복돼. 내가 나 자신에게 묻고 싶은 게, 너는 어머니를 향한 이 그리움의 여행을 언제 끝낼 수 있을 것인가. 그건 나도 궁금해……."

길 위에서 만난 이들에게 밥을 지어주면서 혹여 생모의 혈육이라도 우연찮게 인연이 되어 자신이 만든 음식을 맞이하길 기대한다는, 영화 속 그의 고백에 삼례는 가슴이 아렸다. 자신의 그리움의 무게보다 더한 그리움을 평생토록 짊어지고 살아온 그는, 삼례가 그에게

뉴컨 사진 제공

토로했던 심정을 자기 자신에게 수도 없이 되새겼던 것이다. 그토록 그립던 어머니를 비로소 만날 수 있어서 영정사진 속 그는 그렇게 환히 웃고 있었나. 어머니를 향한 지독한 그리움의 여행을 비로소 끝낼 수 있어서 꿈속의 그는 어떤 미련도 아쉬움도 없는 평정심으로 그렇게 길을 떠났나.

평정심, 그것은 그가 자신의 세 어머니를 위해, 세상의 모든 어머니를 위해 며칠 몇 날을 쉼 없이 준비했던 108가지 음식들 중 하나였다. 애달프게 그립고 사랑한 어머니들을 위해 그가 마지막으로 준비한 생일상의 메뉴이기도 했던 평정심……. 모 토크쇼에서 삶과 죽음이 둘이 아니지 않겠냐고 했던 그의 말대로 그는 둘이 아닌 길을 평정심으로 떠났고, 그것은 삼례가 그를 만나면 묻고 싶었던 질문에 대한 그의 답변이기도 했다.

이 모든 인연이, 그 모든 순간이

대구에 도착해 안동행 버스표를 예약하니 시간이 남았다. 출출함도 달랠 겸 삼례는 버스터미널 맞은편에 있는 차와 토스트를 파는 가게에 들어갔다. '선샤인 토스트'라는 가게 이름이 왠지 마음에 든다. 탈탈거리며 돌아가는 선풍기 바람 속에서 한가롭게 신문을 보던 주인아줌마가 "어서오세요"라며 그야말로 선샤인 같은 미소를 보낸다. 그녀에게 치즈를 넣은 토스트와 키위주스 한 잔을 주문하면서도 삼례는 이런 여행에선 어디 허름한 분식집에 들어가 우동을 시켜먹는 게 더 제격 아닐까, 하는 망설임을 가져본다. 참 쓸데없는 망설임조차 괜스레 설레고 사소한 것조차 특별한 것으로 다가오는 이 묘미, 어쩌면 이 때문에서 여행을 하는 것인지도 모르겠다.

고운사로 가기 위해 대구에서 안동을 거쳐 다시 버스를 갈아타고 일직이라는 곳에 하차했다. 너무나 한적한 거리 풍경에 삼례는 발길을 어디로 두어야할지 난감해졌다. 그 흔한 택시 한 대 지나치지 않는 도로에서 잠시 헤매다 근처 골목을 돌아 발견한 슈퍼마켓 주인아줌마로부터 삼례는 그 동네엔 택시가 한 대 밖에 없다는 정보를 얻어냈다. 설상가상으로 그 택시도 동네에서 멀리 떨어진 곳에 출타 중이라 언제 돌아올지 기약이 없다는 얘기에 당황하고 있을 때, 웬 아저씨가 가게 안으로 들어섰다.

"고운사에 바람이나 쐬러 다녀오이소. 여기 손님이 고운사엘 간다는데."

슈퍼마켓 아줌마가 때는 이때다 싶게 구원을 청하자, 아저씨는 "지금 막 고운사에서 놀다 오는 길인데"라며 난처한 표정을 짓는다. 위기에 봉착하려는 순간 삼례는 생존 본능을 발휘해 극구 거부하는 그의 손에 재빨리 택시요금을 쥐여주었다. 우직한 인상의 그는 낡은 승합차를 운전하며 "고운사엔 처음 가보는교?"라며 정식으로 인사를 건넨다. 일직에서 노래방을 한다는 그는 심심할 때마다 고운사에 놀러 간다며, 불자는 못되더라도 불자 비슷한 쪽은 되지 않겠냐며 자신을 소개한다.

"걸음마를 뗄 때부터 절엘 댕겼죠. 할아버지, 할머니하고. 절에 가면 마음이 편해 여기저기 돌아보기도 하고 산행도 하고 공양간에서 밥도 얻어먹고 그래요. 절 주차장 쪽에서 산으로 올라가면 잡목도 없고 산이 훤하죠. 특히 겨울에 발자국도 나지 않은 눈밭을 혼자 밟고 올라가면 기분이 억수로 좋아요. 그런데 한 번은 한 스님이 산불 때문에 산에 못 올라오게 하잖는교. 그래서 한바탕 싸운 적도 있었죠."

그렇게 싸웠어도 언제 그랬냐는 듯 태연하게 찾아가 다시 인사 나누며 지내는 것이 '사는 맛' 아니겠냐고 운을 뗀 그는 지난 초파일엔 그 스님에게 처음으로 합장도 해보았단다. 어느새 차는 소나무가 드리워진 길을 따라 일주문 근처에 이르렀다. 두 갈래 길에서 그는 한 치 망설임도 없이 산문이 서있는 길을 택했다. "이 산문을 통과하면 왠지 모든 업장이 소멸될 거 같아서요"라는 그의 말에서 투박하고도 깊은 진심이 느껴진다.

"어릴 때는 여기 소나무들이 하늘을 가릴 듯 억수로 좋았거든예. 그런데 잡목이 들어서면서 소나무가 죽더라고요. 일주문 근처에는 큰 탱화도 붙어있었는데 옛날엔 절에 도둑이 많이 들다보니 귀한 건 다 잃어버렸죠 뭐."

절에 도착해 차에서 내리기 전에 삼례는 '불자 비슷한' 아저씨의 얼굴을 제대로 보고 싶은 마음이 생겼다. 건장한 체격만큼 건장한 그의 미소가 여름햇살처럼 빛난다. 혹여 고운사의 신장神將은 아닐까, 하는 생각마저 드는 순간 그는 작별 인사 삼아 "일주일에 네다섯 번은 이렇게 절에 온다안합니까. 그래서 내가 늘 그래요. 고운사 부처님들의 반은 스님들이 지키고 반은 내가 지킨다고"라며 호방한 웃음을 짓는다.

고운사에 도착하니 생활 한복 차림의 보살들이 소쿠리를 들고 어딘가로 향한다. 주말을 맞아 템플스테이에 참석한 이들이다. 삼례는

그 대열에 끼어보기로 했다. 아욱에 겨자, 쑥갓, 배추, 가지, 고추, 상추, 추석에 먹을 토란까지 그들이 도착한 작은 채마밭에는 온갖 작물들이 토실토실 살을 찌우고 있다.

"여기 상추는 진짜 맛있어요. 특히 이렇게 상추 끄트머리에 대공이 올라올 때 물김치를 담그면 쌉싸름해서 얼마나 맛있는지 몰라요. 저쪽은 아욱인데 국을 끓여도 맛있지만 큰 잎은 쪄서 쌈 싸 먹어도 맛있어요."

고운사에서 템플스테이를 지도하는 스님이 채마밭의 가족들을 자랑하느라 신이 났다.

"스님, 이건 애기똥풀 아닌교? 이걸로 물을 들이면 참말로 예쁜 노란색이 나오더라고요."

"그렇지 않아도 다음 수련회 땐 천연 염색을 배워볼까 하는데 애기똥풀도 좋겠네요. 그런데 채마밭을 그새 보살님들이 아주 쑥대밭으로 만들어 놓으셨네요." (웃음)

도란도란 이어지는 수다 속에 보살들의 소쿠리에는 대지와 바람과 태양의 기운을 가득 머금은 상추가 한 가득이다. 오늘의 목표인 상추를 수확했으니 이제부터는 요리를 할 차례다.

"어머, 상추로 전을 부친다고요? 상추는 쌈이나 나물로만 먹어봤지, 전을 부칠 생각을 안 해봤는데."

"절에서는 여름이면 상추로 전도 잘 부쳐 먹어요. 이렇게 대공이 올라올 때가 전을 하기 딱 좋은 시기예요. 이맘때는 물김치를 담가먹기도 좋아요. 간이 잘 배이도록 대공을 열십자로 칼집 내서 밀가루풀을 좀 되직하게 쑤어 빨간 고추를 갈아 넣고 김치를 담그면 쌉싸름하면서 참 맛있죠."

사찰음식 전문가인 스님은 상추전은 물론 시기에 따라 상추를 맛있게 먹는 다양한 비법까지 알려준다. 우선 상추가 싱싱할 때는 쌈을 싸먹고 시들어지면 전을 부쳐 먹는다. 생으로 먹기 힘들만큼 시들었을 때는 된장국을 끓여먹고, 상추가 끝물로 들어가 대공이 많아질 때는 전을 부치거나 물김치를 담그면 좋다.

"또 상추가 어릴 땐 그걸 솎아 겉절이로 만들어 밥에 비벼 먹으면 그만한 별미가 없어요. 그런데 상추에 뜨거운 밥을 넣으면 상추가 어떻게 되겠어요? 우리 스님들은 상추를 기절시켜 먹는다고 하죠."(웃음)

무엇에든 적절한 때가 있다지만 상추에도 그런 때가 있다니, 그런 때를 알면 상추 하나로도 다양하고 맛있는 요리를 즐길 수 있다니, 그러니 때를 아는 것이 얼마나 중요할까. 삼례의 생각이 여기에 미칠 무렵 공양간 한편에서는 공양주 할머니가 담근 된장 맛에 반한 보살들이 상추를 된장에 찍어먹느라 야단법석이다. 전을 부치기도 전에 상추가 동이 날 지경이다.

"자, 보세요. 상추전은 대공이 있는 채로 부쳐야하니까 우선 칼등으로 상추대공을 살살 찧어 부드럽게 만드세요. 그리고 밀가루를 평소보다 조금 묽게 개어 간장으로 간간하게 간하고, 참기름을 두어 방울 떨어뜨리는 게 요령이에요. 절에서는 다시다와 무, 버섯 등을 넣고

우린 육수로 음식 맛을 내곤 하는데 상추전을 할 때도 이왕이면 다홍치마라고 육수를 사용하면 더 좋겠죠."

스님의 설명대로 다홍치마까지 두룬 상추가 불판에서 노릇노릇 익어간다. 고추장에 식초와 설탕을 살짝 섞어 새콤달콤한 초고추장 소스까지 완성했으니 이젠 상추전을 '맛볼 때'다.

"우리 잔디밭으로 갈까요? 아니면 소나무 숲 입구도 좋을 것 같은데요."

"그러지 말고 대웅전 옆에 앉기 좋은 바위가 있던데 거기로 가면 어떨까요?"

대중이 모인 곳은 어디든 의견이 분분한 법. 잠시 의논을 한 후 최종 낙찰을 본 곳은 요사채 툇마루다. 그곳에 걸터앉아 삼례는 상추전 한 점을 초고추장에 꾹 눌러찍어 입으로 가져가본다. 그제야 맞은편에 수려하게 펼쳐져 있는 등운산이 눈에 훤하게 들어온다. 화엄華嚴의 발상지여서일까, 혹은 기대 이상으로 맛있는 상추전 맛에 홀려서일까. 새삼스레 이곳이 꽃으로 장엄된 화엄의 세계만 같다.

하기야 해맑은 미소가 고왔던 '선샤인 토스트'의 주인아줌마도, 자기 대신 구원의 손길을 뻗어준 일직의 슈퍼마켓 아줌마도, 고은사의 신장일지도 모를 '불자 비슷한' 아저씨도, 때를 아는 만큼 다양한 맛을 즐길 수 있는 법을 알려준 스님도, 또 공양간에서 상추 한 이파리를 된장에 찍어 자신의 입에 다정스레 넣어준 이름 모를 보살님까지 여행의 여정에서 우연인 듯 만난 이 모든 인연이, 그 모든 순간이 화엄이 아니면 무얼까.

알고 먹으면
병도 되고 약도 되는 밥맛

청일점 윤 삼촌 편1

매주 금요일이면 삼례는 한 남자와 다섯 아줌마들로 구성된 사랑스러운 일당을 만나러 간다. 호수 공원이 내려다보이는 한 오피스텔에서 그들과 나누는 야단법석의 데이트는 삶의 활력소가 된다. 여자들의 요란스러운 수다와 웃음에 파묻혀 행복에 겨운 청일점의 한 남자. 삼례는 그를 '윤 삼촌'이라고 부른다.

여섯 여자들의 사부인 윤 삼촌은 구세군에서 목사로 헌신하며 살았던 이력이 있지만 삶의 어느 순간이 정신분석을 연구하는 학자로, 심리치료사로 그를 이끌었다. 사람들과 어우렁더우렁하는 속에서 상처받은 마음을 치유하고 치유받으며 자신의 앎을 공유하고 싶어 안달인 삼촌의 취미는 다름 아닌 '밥 짓기'다. 강의도 강의지만 제자들을 위해 밥을 짓고, 음악과 수다가 버무려진 속에서 머리를 맞대고 밥을 먹는 것을 큰 낙으로 여긴다. 금요일 점심시간이 기다려지기는 삼례도 매한가지. 요즘은 부산에서 '욕쟁이 할머니'로 통한다는 윤 삼촌의 노모가 보내준 김치 맛에 푹 빠졌다.

금강산도 식후경이라지만 우리의 만찬은 수업이 끝난 후에 치러진다. 말하자면 밥은 공부를 열심히 한 대가로 주어지는 착한 상과 같은 거다. 오늘의 공부 주제는 '뇌 구조'인데, 인류가 뇌의 구조를 처음 알게 된 계기부터 흥미롭다. 바야흐로 19세기 중엽에 프랑스의 한 인부가 공사판에서 일하다 머리에 못이 박히면서 실어증이 생겼고, 그것에 의문을 품은 브로커라는 외과의사가 뇌의 구조를 연구하게 된 것이다.

"그래서 뇌를 나눠 브로커 영역이라고 하는데, 뇌는 크게 정보를 저장하는 대뇌와 감정의 영역에 해당되는 대뇌변형계가 있고 소뇌가 있단 말이죠. 그럼 뇌 모양을 그려놓고 얘기해봅시다. 자, 이렇게 대뇌가 있고……."

아는 것이나 말발로는 도올 뺨치는 명강사지만 윤 삼촌의 그림 솜씨는 어설프기만 하다. 칠판에 뇌 모양을 그리기가 무섭게 "박사님, 아무래도 그림 연습좀 열심히 하셔야 되겠어요." "미적 감각이 떨어져도 너무 떨어진다"라는 제자들의 야유가 쏟아진다.

"정보를 저장하는 대뇌는 컴퓨터로 치면 중앙 정보처리센터이고 대뇌변형계는 감정의 영역이라 여기서 희노애락이 순간순간 일어나요. 그리고 소뇌가 있는데, 이렇게 3개의 뇌가 우리를 가지고 논단 말이지. 어떻게 가지고 노냐? 대뇌변연계에서 끊임없이 감정을 일으키면 소뇌가 그것을 실천해 그 정보를 대뇌에 입력시키는 거예요. 이것이 인간이 가진 메커니즘이죠. 그래서 원인과 과정의 결과를 잘 만들어가는 것이 삶의 핵심이에요."

삶의 원인과 과정의 결과가 뇌의 구조와도 일치한다는 사실이 놀랍고도 신기할 따름인데, 강의가 뉴런에 대한 내용으로 이어질 즈음 "참, 밥솥 안쳐야 된다. 밥솥!" 하며 윤 삼촌의 발길이 잽싸게 부엌으로 향한다. 시간상으로 볼 때 수업 시간의 삼분의 일 지점에서 밥솥을 안쳐야 수업이 끝날 무렵 밥이 완성되기 때문이다. 쌀은 진작 씻어 밥솥에 담가놓은지라 그새 적당히 불었다. 밥솥을 불 위에 올려놓고 다시 칠판 앞으로 돌아온 그가 이번에는 뉴런의 체계가 얼마나 위대한지에 대해 설명한다.

"인간은 인식의 이미지를 먹고사는 동물이라 대뇌피질의 150억 개 뉴런과 소뇌에 있는 천억 개의 뉴런이 끊임없이 연결되고 부딪쳐 엄청난 세계를 만들어내죠. 인간은 그렇게 무한한 존재라 못할 게 하나도 없어요. 방구석에 앉아 달도 따서 데리고 논다니깐! 손끝을 보지 말고 달을 보라는 건 그렇게 내재된 무의식의 기저를 보라는 뜻이기도 하거든."

윤 삼촌의 강의가 중반을 넘어서자 압력솥에서 "푸쉬" 하며 뜨거운 김을 내뿜는다. "드디어 터졌네, 터졌어!"라며 삼촌의 날랜 발걸음이 다시 부엌으로 향한다. 말품 팔랴, 제자들 밥해먹이랴 부산스럽고 유쾌한 사부의 몸놀림을 지켜보는 것도 어느새 수업의 일부가 되었다.

"자, 그럼 다시 뉴런으로 돌아와서…… 뉴런의 신경전달물질인 도파민이 많으면 불안이 오고, 적으면 우울이 온단 말이죠. 사실 세상의 모든 병은 바로 이 우울과 불안에서 와요. 그런데 뒤집어 생각하면 세상이 발전하고 편리한 문명을 만들게 한 것도 우울과 불안 때문이거든. 우울은 과거적이고 불안은 미래적인 것이라, 바로 그 사이에 낀겨 안달하는 게 감정이라."

강의의 재미가 무르익어감에 따라 밥솥의 밥도 뜸이 알맞게 들어 콧속으로 감아드는 구수한 밥 냄새가 시장기를 재촉한다. 사부의 뱃속도 다름 아니라 윤 삼촌은 서둘러 수업을 마무리 짓는다.

"우물에 돌을 딱 던져봐라 말야. 물의 파장이 번져나갔다 되돌아와 제로가 되잖아요. 모든 것은 그렇게 내가 내한테로 오는 기라. 그러니 남 탓할 필요가 없는 기라. 우리 몸은 진실한 메커니즘으로 가야 몸이 편해요. 내가 일으키는 원인과 과정과 결과의 모든 근원과 주체가 내가 돼야만 완전하진 않더라도 안정을 누리는 기라."

오늘의 강의 요지는 뇌의 엄청난 정보와 에너지 속에 자신이 존재한다는 사실을 깨닫고, 원인과 과정과 결과의 근원이며 주체인 자신을 끊임없이 바라보며 우울과 불안을 성찰하고 그것을 뛰어넘으며 살자는 것! 언제나 그렇듯 거창한 마무리로 수업이 끝남과 동시에 밥시간이 왔다. 윤 삼촌이 지은 밥도 거창하고 별스럽기는 마찬가지다. 메주콩에서부터 강낭콩, 완두콩 등 온갖 종류의 콩은 물론이고 잣, 호두, 팥, 대추, 밤, 심지어는 육포까지 밥에 삼라만상이 다 들어있다. 오늘은 윤 삼촌의 노모인 욕쟁이 할머니의 팔팔한 기운까지 양념으로 배인 배추김치가 더욱 맛이 들어 다른 반찬엔 눈길조차 줄 겨를이 없다.

"이렇게 밥맛에 감동하면 나는 우울도 불안도 싹 해소되는 것 같더라."

"김치가 너무 시원하고 맛있어서 우리 집 김치는 가져올 엄두도 못 내겠네."

"아니 그런데 한 명이 안 보이는 것 같은데 화장실 간 긴가? 조 여사, 숫자 좀 세 봐."

"박사님, 그러니까 우리가 꼭 돼지들 소풍 온 것 같잖아요."

CD플레이어에서 흘러나오는 바리톤의 묵직하고도 힘찬 선율과 정감 어린 수다와 제자 사랑이 듬뿍 담긴 밥맛까지 즐겁게 어우러져 생동하니, 이참에 삼례는 공부한 내용을 다부지게 써먹어보기로 한다. 우선 대뇌변형계에서 일어났을 '기똥차게 맛있다'라는 감정의 원인이 소뇌의 실천 과정을 통해 대뇌에 인지됐을 것이고, 대뇌와 소뇌에 붙어있는 수십억 개의 축삭돌기와 가지돌기가 동시다발적으로 신경전달물질을 쏟아내 밥을 한 숟가락 한 숟가락 떠 넣을 때마다 크리스마스트리의 전구들처럼 반짝반짝 빛나며 시냅스 되었을 터. 그러한 뇌의 구조와 원리를 따져가며 밥을 먹은 소감이란, 알면 병이요 또한 약이라!

라캉도 무색하게 할
여자들의 밥 욕망

청일점 윤 삼촌 편2

넓은 창가로 풍성하게 들어찬 햇살과 조 언니가 내려놓은 커피의 향이 그윽하게 조화를 이뤄 더할 나위 없이 평화로운 금요일 오전이다. 윤 삼촌네 거실에는 여섯 개의 작은 상과 앉은뱅이 의자가 펼쳐졌다. 상다리 아래로 가지런히 뻗어 나온 여섯 제자들의 열두 족뼈, '삶은 이미지의 연속'이라는 윤 삼촌에게 그러한 발바닥이 상징하는 것은 '희망'이란다. 가난하고 힘든 시절에 우리의 아버지들이 이불 바깥으로 삐져나온 자식들의 발을 보며 살아갈 용기를 잃지 않았기 때문이란다. 그런 까닭에 제자들의 발바닥을 보면 흐뭇하고 행복해진다는 별난 사부 윤 삼촌은 수업에 앞서 지난 시간에 배운 내용을 복습하고 보충한다.

"우리의 생각은 수십억 조 시냅스가 밤하늘의 별처럼 순간적으로 번쩍이며 아날로그로 엉켜 나온다고 했죠? 그러니 그 자체가 카오스라, 물리적으로도 우린 그런 혼란에 놓여 나를 찾는 과정에 있죠. 그러니 삶은 혼돈의 연속일 수밖에 없어요. 디지털적인 세상 구조와 내 안의 아날로그적인 것들이 결합해 발생되는 혼란 속에서 진짜 나를 발견해가는 것이 결국 삶의 의미 아니겠어요. 세상이 나를 모르고 나 또한 나를 모르기에 살아가는 재미도 있는 거지, 아는 것만 갖고 살면 그건 이미 디지털적이고 논리적이라 재미없잖아요."

그러니 디지털적인 세상 논리에 빠져 살지 말 것을 당부하는 윤 삼촌에게, 산과 사랑에 빠져 사는 김 언니가 남다른 질문을 한다.

"그러면 너무 디지털적이지 못하고 논리성이 떨어져 혼란스러운 사람은 어떻게 해야 할까요?"

수업 시간마다 걸핏하면 조는 잠보 제자가 웬일로 질문을 다하니 사부의 얼굴에 화색이 돌기까지 한다.

"인간은 고정관념과 습관에 젖어 사는 동물이라 그 패턴대로 돌아가지 않으면 불안해지죠. 불안은 미래지향적이라 익숙한 것에서 벗어나려고만 하면 그놈의 중력이 뭔지, 인력이 뭔지 그 때문에 자꾸 끌려들어간단 말이지. 거기서 벗어나는 길 중의 하나는 새로운 것에 끊임없이 도전하는 거예요. 그러니 중독은 좋지 않아요. 뭐든 골고루가 중요해요. 골고루!"

"그런데 박사님, 인류가 50억 년의 세월 속에서 진화하고 발달해왔다면 어째서 그 불안 요소는 완성시키지 못했을까요?"

오늘따라 학구열이 넘치는 김 언니의 연이은 질문에 이번엔 최 언니의 단순 명쾌한 답이 뒤따른다.

"재미없어서. 완성되면 재미없으니까 그대로 계속 가는 겨."

잠시 휴식 시간을 갖는 중에 밥솥을 안치고 돌아온 윤 삼촌이 오늘의 공부 주제인 성性 심리에 대한 견해를 라캉의 욕망 이론과 덧붙여 설명한다. 그 요지인즉슨 인간의 기본 욕망인 성 행위는 사랑과 삶을 완성하는 중요한 수단이기도 한지라 상대가 지닌 어떤 이미지와 아픔도 과감히 수용하라는 것. 즉 모든 것을 받아들일 때 사랑의 완성도 삶의 완성도 가능해진다는 것이다.

새로운 앎을 통해 마음과 정신을 새록새록 살찌운 다음으로 기다리는 순서는 수업의 연장이자 백미라 할 수 있는 배를 살찌울 시간이다. 더구나 오늘은 특별한 밥시간이 기다리고 있다. 수업 후 굴 잔치를 벌이기로 한 것이다. 그것도 조 언니의 지인이 통영 산지에서 보내준 굴로 요리할 예정이라, 아마도 오늘 같은 날을 두고 '염불에는 마음이 없고 잿밥에만 마음이 있다'라는 속담이 나왔을 일이다. 바다 향을 가득 머금은 굴을 초장에 찍어 입속에 넣는 상상만 해도 오감에 육감까지 설렐 지경이다.

수업이 끝나기가 무섭게 살림계의 지존인 최 언니와 요리가 취미인 조 언니가 각자 집에서 챙겨온 보따리를 풀어헤친다. 두 여자의 넘치는 정과 살가움만큼이나 그녀들의 보따리 속에는 굴 잔치를 위한 준비물로 가득하다. 굴전에 필요한 부침가루와 집에서 미리 다듬어

온 파를 비롯해 굴보쌈에 곁들일 봄동과 물미역까지 챙겨왔다. 오늘의 주인공인 굴은 전날 택배로 도착해 삼촌네 부엌에서 일찌감치 대기 중이다.

"내가 어젯밤에 보다 못해 살짝 먹었잖아. 한 칠팔십 개 먹고 잤나봐."

칠팔십 개나 되는 양을 '살짝' 먹은 거라고 슬쩍 우기는 사부의 말에 다들 그런 엉터리 산수법이 어딨느냐며 아우성이다. 수업 시간 내내 잿밥에만 마음이 가 있던 만큼 상차림은 초고속이다. 물이 오를 대로 오른 굴의 향연이 이내 밥상 위로 펼쳐졌다. 김이 모락모락 오르는 굴전에 굴보쌈이 연이어 등장하고, 봄동과 물미역까지 옵션으로 곁들여졌다. 며칠 전부터 봄동 타령이던 윤 삼촌은 더욱 감복해서 굴보쌈을 제대로 먹는 고향식 비법을 공개하며 시범까지 보인다. 일단 봄동 한 이파리를 손바닥에 올리고, 그 위로 싱싱한 물미역을 한 아름 안긴 다음 굴을 초장에 듬뿍 찍어 올리면 된다.

"이런 걸 많이 먹어야 건강한 거야. 자, 교양들 떨지 말고 입을 최대한 벌리라고. 쌈 먹을 때 교양 떨면 되레 안 예쁘고 맛도 떨어지니까 교양은 절대 금물이에요."

굴보쌈에 감격한 나머지 윤 삼촌은 손수 쌈을 싸서 제자들 입에 한 쌈씩 안겨준다.

"난 이렇게 쌈 싸 먹는 게 최고로 맛있더라. 옛날엔 내가 결벽증이 있어 이런 야채 끄트머리는 안 먹고 죄다 버렸잖아. 그땐 이 맛있는 걸 왜 버렸는지 몰라. 이젠 없어서 못 먹잖아."

털털한 성격의 최 언니에게 한때 결벽증이 있었다는 고백에 힘입어 김 언니와 조 언니도 비슷한 이력을 꺼내놓는다.

"난 아침에 일어나면 왁스로 장롱부터 닦는 게 당연한 줄 알았잖아. 무늬도 없는 무광이었는데 얼마나 닦아댔는지 나중엔 유광이 돼서 사람들이 파리가 앉으면 낙상하겠다고 할 정도였어. 그땐 다른 사람도 그런 줄 알았는데, 어느 날 이웃집에 차 마시러 갔더니 그 집은 청소도 안하고 살더라고. 그런데 사는 게 나랑 별반 다른 게 없는 거야. 그래서 그때부턴 나도 청소를 안 하기 시작했지. 그렇게 깔끔 떨고 살아봤자 별 볼일 없더라니깐."

"나 아는 언니네는 나무로 된 장롱이었는데 무늬가 울퉁불퉁하고 골이 심하니까 면봉으로 후벼 파가며 닦더라고. 근데 우리집 장롱은 홈이 깊어 면봉으로도 안 되고 요지로 해야 되잖아. 그걸 닦아야 되는데 아파서 못 닦고 드러누워 있으면 그거 보면서 더 병나잖아. 그런데 이젠 절대로 안하지. 장롱이란 게 옷만 들어가면 되는 거 아니겠어."

두 사람의 말이 끝나기가 무섭게 "그것도 힘이 남아돌아야 하겠더라. 내가 해보니"라는 최 언니의 연이은 고백에 모두 박수까지 치며 박장대소를 한다. 변해가는 과정에 있어 행복하다는 조 언니의 말에 "맞아. 어떻게 계속 변해갈지 기대되니깐"이라는 최 언니의 추임새로 분위기는 더욱 화기애애해졌다. 말수 없고 얌전한 김 언니도 오늘만큼은 "어째 우린 공부보다 밥 먹고 수다 떠는 걸 더 열심히 하는 것 같아"라며 분위기를 거든다.

어느덧 굴전이 다섯 판에 굴보쌈 두 접시가 동이 났다. 이제 남은 것은 상위에 즐비하게 널브러진 빈 접시들뿐. 푸진 음식만큼 푸진 수다로 스트레스까지 말끔히 해치우고 나니 그새 다시 헛헛한 생각이 들었는지 최 언니가 의문을 제기해온다.

"그런데 말야, 오늘 남은 부침가루는 어떻게 하지?"

"다음 수업 시간에 그걸로 김치전 해먹으면 되겠네. 왜 요즘 김치전이나 무전 부쳐 먹으면 맛있잖아. 하얗게 지져갖고 양념간장 맛있게 해서 찍어 먹으면 딱 좋겠구만."

"그러지 말고 멸치로 육수 내서 신김치 좀 썰어 넣고 수제비 끓여 먹으면 어떨까?"

이들의 열띤 토론을 보고 있자니 삼례는 불현듯 궁금해진다. 밥상을 물리기가 무섭게 이어지는 여자들의 너무나도 미래지향적인 밥 욕망에 대해 라캉은 무어라 했을까? 혹여 이런 말을 하진 않았을까?

"내가, 졌다!"

5장

삶,
깨달음의
여행

북에서 온 영웅들

꽃분이들 편 1

무성 사진 제공

꽃분이3은 산 속 닭사에 숨어 지내며 쥐들이 숨겨놓은 식량을 훔쳐 먹었다고 했다. 꽃분이1은 소똥에 박힌 콩이나 씨앗은 그래도 먹을 만했지만, 개똥에 박힌 것은 너무 써서 도저히 먹을 수가 없었다고 했다. 꽃분이2는 자긴 그런 개똥도 먹었다고 했고, 꽃분이1은 겨울에 꽁꽁 언 똥을 갉아먹다가 이가 나간 사람을 봤다고 했다. 그러자 꽃분이3이 "사실 그땐 똥도 귀했다"라고 했고 그 말에 다들 이구동성으로 말했다.

"뭘 먹는 게 있어야 똥도 나오지."

꽃분이들의 사연을 들으며 삼례는 자신의 귀를 의심했다. 정말 그런 일이 실제로 있었다는 것인지, 혹여 소설이나 영화 속 이야기를 하는 것은 아닌지. 가령 〈빠삐용〉이나 〈쇼생크의 탈출〉 같은······.

"영화요? 그런 영화 내용은 수박 겉핥기밖에 안돼요. 우리가 겪은 거에 비하면. 북한에선 하라는 대로 하면 죽어요. 그런 사람들은 거의 죽었고 악착같이 버티며 자기 의지대로 한 사람들은 그나마 살았어요. 물론 그들 중에서도 맞아죽고 굶어죽는 사람들이 허다했지만. 그런 걸 생각하면 탈북자들은 모두 영웅이에요. 목숨 내놓고 맨몸으로 여기까지 왔잖아요. 탈북자들을 손가락질하는 사람을 볼 때면 묻고 싶어요. 당신은 그렇게 절박하게 살아봤느냐고."

꽃분이들의 증언이 도무지 믿어지지도 않거니와 상상조차 되지 않아 삼례는 그들이 하는 얘기마다 "정말이냐?"고 재차 확인하기 바빴고, 바보 같은 질문인줄 알면서도 묻지 않을 수 없었다. 도대체 왜, 그런 위험을 수차례 감수하면서까지 탈출해야 했는지. 삼례의 질문이 채 끝나기도 전에 꽃분이1이 답했다.

"배가 고프니까. 너무 배가 고파 살 수가 없으니까요."

그러면서 그녀는 이렇게 덧붙였다.

"사람이 죽을 정도로 배가 고프면 발가벗고 다녀도 창피한 줄 몰라요. '고난의 행군'이라고 부르던 시대엔 정말 그랬죠. 막대기로 집안을 휘둘러도 거미줄 하나 없었으니까. 어차피 이래 죽고 저래 죽을 바엔 죽을 각오로 탈출하는 거죠. 그러다 혹 성공할 수 있는 희망은 한가닥 있으니까. 그런데 브로커를 거치지 않으면 다시 잡혀오는 경우가 허다했어요. 브로커에게 잘못 걸리면 인신매매를 당하기도 하고 중간에 죽기도 많이 죽죠. 추워서 죽고 배고파서 죽고 맞아서 죽고……."

꽃분이1은 자신의 옷자락을 걷어 보였다. 그녀의 몸 곳곳에는 낫으로 찍힌 흔적이며 뜨거운 물에 덴 흔적, 갈고리로 깊게 패인 흔적 등이 선명히 새겨져 있었다. 그 흔적들은 수차례의 탈북과 북송 과정에서 겪어야 했던 그녀의 과거사였다. 그러나 마지막 탈북 과정에서 어린 딸을 중국인에게 빼앗긴 것에 비한다면 그건 아무 것도 아니다. 그 어린 핏덩이가 중국으로 팔려간 기억이 되살아날 때면 그녀는 뱃가죽이 찢어지는 것만 같다고 한다. 유아복 가게를 지나치기만 해도, 길에서 비슷한 또래의 아이를 보기만 해도 생생하게 무한 재생되는 그 고통에 비하면 고문의 상처쯤은 비할 것이 못된다.

오래 전 일이지만 여전히 헤어질 당시의 나이로 기억에 남아있는 딸아이에게 옷 한 벌 제대로 입히고, 밥 한 끼 따뜻하게 먹여 팔베개해서 재워보는 것이 간절한 소원이라는 꽃분이1. 그건 비단 그녀만의 이야기가 아니다. 죽기를 각오하고 탈북해서 자유를 찾았지만, 고통어린 기억에서는 결코 탈출할 수 없는 이 땅의 수많은 꽃분이들. 그들은 밤마다 악몽을 되풀이하며 과거로 되돌아가곤 한다. 아무리 발버둥 쳐도 탈출할 수 없는 또 다른 지옥이기에 그들은 매일 밤 잠들기 전에 스스로에게 이렇게 다짐하고 소망한다.

'오늘밤엔 제발 북한에 다시 가있는 꿈만은 꾸지 않기를……'

꽃분이1은 아홉 번째 탈북할 때 경찰의 추격을 받으며 몽골 국경선을 넘었다고 한다. 그러나 망망대해로 펼쳐진 사막에서 먹을 것도 입을 것도 없어 생사를 오가며 걷고 또 걸었다.

"사막이라 풀조차 없고 날씨는 또 얼마나 혹독한지 낮엔 엄청 덥고 저녁엔 엄청 추웠죠. 그런 속에서 3일을 버티니까 나중엔 오줌도 나오질 않아 받아 마실 수도 없었어요. 이젠 죽는구나 싶었을 때 군인을 만나 수용소로 가게 됐는데, 그 3일 동안에도 잡혀온 사람들이 수도 없이 많았어요. 자리가 비좁아 남녀 따로 자지도 못하고 칼잠을 자는데 다리나 펴고 자면 다행이었죠. 그러다 사람들이 또 잡혀오면 한밤중에도 '일어서'라고 소리쳤고, 그러면 자리를 더 좁혀야 했어요. 그때 인신매매로 팔려간 사람들도 많았어요."

어린 동생을 혼자 남겨두고 탈북한 꽃분이2의 사연도 만만치 않다. 식량을 구하러 중국으로 간 엄마는 돌아오지 않고, 그사이 재혼한 아빠는 갑자기 행방불명되면서 그녀는 새엄마에게 쫓겨나 고아가 되었다. 오갈 데가 전혀 없던 그녀는 아빠와 다니던 산에 올라가 풀을 뜯어

먹으며 지내기도 했고, 자기를 키워달라고 사정하며 집집마다 돌아다니기도 했다.

"그때가 12살이었는데 하도 못 먹어 키가 5살짜리만 했어요. 그렇게 돌아다니다 아빠의 친구 집에 얹혀 지내게 됐는데, 어린 나이에도 그 집에서 쫓겨나면 갈 곳이 없으니까 눈치껏 행동하지 않으면 안 된다는 강박관념이 있었죠. 그래서 걸레를 손에서 놓지 않았어요. 그렇게 매일 노예처럼 일만 하며 지내다가 중국에서 엄마가 보낸 브로커를 만났는데도 따라갈 수 없었죠. 브로커가 사람들을 많이 팔아먹었으니까. 그러다 이렇게 살다 죽는 것보다 나을 것도 없겠다싶어 따라나섰는데, 세뇌라는 게 얼마나 무서운지 그 와중에도 위대한 장군님이 얼마나 사랑하는데 내가 이래도 되나 싶어 돌아서게 되더라고요. 그때 브로커가 눈깔사탕을 보여주는데, 장군님이고 뭐고 없이 눈이 뒤집히데요. 그 사탕이 아니었으면 중국에 가서 엄마를 만나지 못했을 거예요. 나중에 안 사실인데, 엄마도 중국 사람에게 팔려가 도망치지도 못하고 노예처럼 사느라 돌아올 수가 없었대요."

꽃분이2는 아직도 생생히 기억하고 있다. 엄마가 중국으로 떠나기 전 죽을 쑤어주면서 자기와 동생에게 했던 말을, 그리고 동생이 엄마에게 했던 말도. 엄마는 "일주일 뒤에 먹을 거 구해올게"라고 했고, 동생은 이렇게 답했었다.

"엄마, 빨리 와."

그 동생은 아직 그곳에 있다. 춥고 배고픈 북녘 땅 어딘가에서 여전히 엄마를 기다리며⋯⋯.

제발 그 꿈만은 꾸지 않기를

꽃분이들 편 2

"우리 집 살림살이는 모두 '국제 백화점'에서 가져온 거래요. 숟가락에 선풍기에 컴퓨터, TV까지 거긴 없는 게 없다니까요. 이불장에 있는 이불도 국제 백화점 물건인데 얼마나 좋은지 아마 김일성, 김정일도 그런 건 못 덮어봤을걸요."

국적도 종류도 다양한 멀쩡한 물건들이 쓰레기장에 버젓이 나와 있는 것을 보고 꽃분이1은 자신이 무얼 잘못 본 게 아닌가 의심했다. 그녀의 눈에는 쓰레기장이 아닌 국제 백화점과 다름없었다. 누군가 이사를 가거나 쓰레기를 내다버리는 날이면 국제 백화점에는 더욱 많은 물건들로 넘쳐났다. 처음엔 그것들이 설마 쓰레기라고는 생각지도 못했다.

"그것들만 주워 와도 한 살림이 되고도 남는다니까요. 그래서 남한에 정착한 후로 돈 주고 세간을 구입해본 적이 없어요. 요즘은 예전보다 업그레이드 된 세탁기나 말하는 밥솥까지 버리니까 새살림 장만하는 거와 같아요. 이젠 늘어난 세간이 너무 많아 더 큰 집으로 이사가야 할 지경이라니까요."

탈북에 성공해 남한에 정착한지 십 년도 넘었지만 멀쩡한 물건을 아무렇지도 않게 내다버리는 사람들을 꽃분이1은 아직도 이해할 수 없다고 한다. 한국에 와서 놀랍고 신기한 것은 그것만이 아니다. 한국에 정착한지 7년이 된 꽃분이2와 꽃분이3도 북한과는 달라도 너무 다른 한국 문화에 아직도 충격을 받곤 한다.

"인천공항에 내려 처음 한국 땅을 밟았을 때 정말 별천지 같더라고요. 공항은 집삼아 살아도 될 만큼 너무 깨끗하고 좋고, 고속도로는 아무리 달려도 차가 덜컹거리지 않는 게 신기했죠. 또 예쁜 여자들은 왜 그렇게 많은지 국정원 사람들과 시장엘 갔는데 남한 여자들이 너무 예뻐 한참을 멍하니 바라봤어요. 그런데 저쪽에서도 한 여자가 저처럼 입을 벌린 채 정신 나간 사람처럼 서있는 거예요. 자세히 보니까 제 동생이더라고요."(웃음)

북한의 장마당과는 비교도 할 수 없는 한국의 재래시장을 처음 갔던 날도 잊을 수 없다. 가장 낯설고 생소했던 풍경은 훔쳐갈 물건이 천지인데도 가게 밖에 물건들을 내놓고 누구 하나 감시하는 사람이 없다는 거였다. 그야말로 문화 충격이었다.

"북한이었으면 금세 다 훔쳐갔을 거예요. 그렇게 도둑질 할 물건이 많은데 어떻게 지키고 서있는 사람이 없을 수 있는지 정말 놀라웠어요."

"맞아. 편의점에 들어가서 "계세요, 계세요"라고 소릴 질러야 직원이 나오는 게 정말 신기하더라고. 북한에선 그랬다간 몽땅 털렸을 건데."

북한에선 물건을 훔치는 것이 범죄가 아닌 '일상'이었다. 군인들이 아무 때나 집으로 들이닥쳐 식량을 훔쳐가도 아무 말 못하고 지켜만 봐야하는 건 그렇다쳐도 이웃 간에도 도둑질하는 것이 다반사이고, 심지어는 아이가 방과 후 남의 집 텃밭에서 호박이라도 훔쳐 와야 엄마가 칭찬을 할 정도였다. 그때의 도둑질이 체화된 탓에 꽃분이들은 한국에 와서도 한동안 그 습관을 버리지 못해 애를 먹곤 했다.

"북한에 있을 땐 새벽마다 서리를 나갔어요. 전깃불도 없는 밤에 배낭 하나 메고 산으로 가서 더듬거리며 감자나 파를 서리해왔죠. 그게 습관이 돼서 한국에 와서도 나도 모르게 도둑질을 하고 나서야 깨닫는 거예요. '아차, 내가 도둑질을 했구나!' 하고."

"나도 여기 와서 한동안 그렇게 되더라고. 난 고속도로 휴게소 화장실에만 가면 비누를 가져왔잖아."

"난 휴지를 가져왔어. 그때 우리 집에 휴지가 별로 없었는데 내가 다니는 학교 화장실엔 휴지가 잔뜩 쌓여 있었거든. 그런데 그 휴지를 아무도 가져가지 않는 게 정말 신기하더라고."

그야말로 '살기 위해' 매일 도둑질하며 살아야했던 꽃분이들이 한국 생활에 적응하기까지 겪어야했던 웃지 못할 일들은 한두 가지가 아니다.

"밤이면 거리가 휘황찬란한 불빛으로 번쩍이는데 정말 신세계가 따로 없더라고요. 한번은 커피향에 끌려 카페라는 곳엘 들어가 봤는데 분위기가 너무 좋고 깨끗한 거예요. 그래서 신발을 벗고 들어가야 하는 줄 알고 카페 입구에 신발을 벗어놓지 않았겠어요. 또 커피를 주문하고 커피값을 내려고 하는데 현금이 없어 통장을 대신 내밀었더니 종업원이 황당해하는 거예요. 그래서 사람 무시하냐며 한바탕 싸우기도 했죠.(웃음) 나중에 사장이 나타나 상황을 파악하고는 혹시 북한에서 오셨냐고 묻더라고요. 그렇다고 하니까 그냥 커피 한 잔 드리겠다고 하더라고요. 얼마나 미안하고 고맙던지, 다음날 다시 가서 커피값을 냈어요."

한국 사람들이 탈북자에 대한 편견이 있을 거라는 편견 때문에 공연히 싸움을 벌인 적이 한두 번이 아니었다. 서로 용어가 달라 오해가 생기거나 싸운 적도 여러 번 있었다.

"북한에선 반찬을 '찔개'라고 해요. 그래서 식당에 가서 밥을 먹다가 반찬이 모자라 '찔개좀 더 줘요'라고 했는데, 종업원이 어리둥절해하며 그게 무슨 말이냐고 되묻더라고요. 그러면서 다른 손님들에겐 반찬을 가져다주지 않겠어요. 말이 달라 못 알아들은 건데도 북한 사람이라고 무시하고 우습게 봐서 그런 줄 알고 또 싸웠죠. 그렇게 싸우다가 나중에 오해가 풀려 친구가 된 경우도 여럿 있어요."(웃음)

　한민족일지라도 한국 문화에 적응하기까지는 낯선 이방인일 수밖에 없는 꽃분이들. 그런 그들을 이해하며 온정을 나누는 이들이 있는가 하면, 그들을 상대로 사기를 치는 이들도 적지 않다. 꽃분이1만 해도 공사장에서 막일을 하고 식당에서 설거지하며 몇 년 동안 모았던 거금을 사기꾼에게 속아 몽땅 날린 적이 있었다. 꽃분이3은 어떤 사람의 말을 믿고 다단계를 시작했다가 집까지 통째로 날려 수년째 그 빚을 갚고 있다. 너무 배가 고파 탈출한 고향이지만 한국에서 어려운 일을 겪다보면 사무치게 그리워지는 곳이 고향이기도 하다.

　"어쨌든 고향이니까요. 무엇과도 바꿀 수 없는. 배가 고파 살기 힘든 거지, 그것만 아니면 온정 넘치는 곳이기도 해요. 그렇게 먹고살기 어렵지 않을 때는 이웃끼리 집안일도 도와주고 농사지을 때 품앗이를 해주기도 하죠. 명절 때만 되면 서로 접시에 떡을 담아 온 동네에 돌리기도 하고요. 나중에 접시를 돌려줘야할 데가 너무 많아 어느 집 접시인지 헷갈리는 경우도 많았는데, 한국은 옆집에 누가 사는지도 모르고 관심도 없잖아요. 북한은 물질적으로 빈곤해서 힘든데 한국은 정신적으로 그런 것 같아요."

"제 어릴 때 기억만 해도 북한이 그렇게 끔찍하진 않았어요. 친구들하고 어울려 뛰어놀았던 기억도 나고, 북한에도 사랑이 있고 예쁜 추억도 있으니까요."

어머니가 끓여주던 청국장이며 이웃끼리 함께 담가먹던 김치며 녹두지짐이며, 북한에서 먹던 음식들을 보면 더욱 그립고 생각나는 것이 고향이다. 그러나 굶주림의 고통과 끔찍했던 기억들로 인해 그곳을 추억하는 것조차 버겁고 힘겹다.

"난 북쪽에 대고는 방귀도 뀌기 싫어요. 어릴 때 행복했던 기억도 남아있고 그곳에 형제와 친척들이 있어 그렇지, 그것만 아니면 죽어서도 가기 싫은 곳이 북한이에요. 지금도 굶어죽기 직전에 놓여 사경을 헤매거나 군인들에게 엄청 매 맞는 악몽을 꾸곤 해요. 그래서 자기 전에 북한에 대한 꿈만은 제발 꾸지말자고 되뇌는 게 습관이 되었어요."

"나도 그런데. 북한에서 겪었던 일들을 애기할 때마다 그때 기억이 되살아나면서 아직도 심장이 두근거려요. 그런 날은 애기했던 그대로 꼭 꿈을 꿔요. 북한에 돌아가 그때 일을 다시 겪는 거예요. 꿈에서도 얼마나 놀라는지 '분명 남한에 있었는데 내가 왜 또 북한에 와있지' 하면서 불안해하며 어쩔 줄 몰라 하죠. 꿈에서 깨면 그제야 안심하고……."

회상하기조차 끔찍한 기억들과 악몽으로 인해 마음껏 고향에 대해 말할 수도, 그리워할 수도, 추억할 수도 없는 꽃분이들에게 삼례는 차마 더 이상 물어볼 수 없었다. 오늘밤 그들은 자신에게 들려준 대로 북한에 돌아가 다시 고통받는 악몽을 꾸게 될 테니 말이다.

미장원에서 파마하며 밥 시켜먹기

오늘도 현관문은 온갖 전단지로 도배되어 있고, 집 앞 쓰레기는 간밤에 다녀간 길고양이의 소행으로 여기저기 너부러져 있다. 매일 지나가는 길목엔 그새 그 흔한 미장원이 두 곳이나 더 생겨났고, 삼겹살을 팔던 가게는 어느새 곱창을 파는 집으로 바뀌어 문전성시를 이룬다. 근처 소나무 숲에 모여 살던 백로 떼는 어디로 갔는지 온데간데없이 모습을 감추었고, 강을 가로지르는 다리 아래에는 겨울 철새들이 제집마냥 서둘러 자리를 잡았다. 그러고 보니 어느덧 가을이다. 너무나 익숙한 풍경도 눈에 제대로 담지 못하고 살아왔는데, 요사이 일상에서 시나브로 일어나는 변화도 감지되는 까닭은 아마도 성숙한 계절 탓일 테다.

소소한 익숙함도, 소소한 새로움도 차차 인식되는 요즘 삼례는 자신이 행복하다는 것을 잘 알고 있다. 그런데 불행히도 그 행복이 여실히 느껴지지 않는다. 그저 머리로 인식하는 행복일 뿐, 사실 불행할 이유가 마땅히 없기에 행복한 행복이라고 할까. 정겨운 동네 풍경도, 눈이 시리도록 푸른 가을 하늘도, 그 속에 속한 자신도 그저 몽롱한 꿈처럼 겉도는 삶의 환영처럼 아득하게 느껴지곤 한다. 이 같은 증상이 언제부터 시작된 것인지는 기억나지 않지만 삼례는 종종 묻곤 한다. 왜 나는 여기 있지 못할까?

머릿속을 한 번 씩 맴도는 화두와 같은 물음과, 아무리 애써도 머리로만 이해되는 행복의 감정을 안고 삼례는 모처럼 단골 미장원으로 향했다. 무엇이 그리 바빴던 것인지 미장원에 들를 여유도 나질 않아 길어진 머리를 샤워할 때 석둑석둑 자르곤 했더니 헤어스타일이 종잡을 수 없게 되었다. 살갑기가 친자매와도 같은 미장원의 주인 신 언니와 그를 도와 일하는 김 언니는 여전하다. 손발만큼이나 마음이 척척 맞는 두 여자의 쉼 없는 수다로 작은 미장원 안이 다정으로 넘쳐난다.

"언니, 참 재주도 좋소. 혼자 거울 보며 뒷머리까지 자르는 사람은 내 처음 본다. 집에서 엎어지면 코 닿을 거리에 미장원이 대체 몇 개고. 아무리 시간이 없어도 그렇지, 다신 그러지 마이소잉."

분무기를 뿌리며 삼례의 머리를 매만지던 신 언니가 반가움을 잔소리로 대신한다. 파마는 그저 뽀글뽀글해야 제격이라는 삼례의 단순 무식한 취향을 익히 아는 그녀는 두말할 것도 없이 촘촘히 머리를 말아준다.

"수아야, 오늘은 밥해먹지 말고 그냥 시켜먹자. 이 집에서 한번 시켜 먹어볼까?"

점심시간에 손님들이 많아 밥때를 놓쳤다는 두 언니가 근처 분식집에 음식을 주문하려할 때, 삼례는 언젠가 꼭 한번 해보고 싶었던 소원 하나가 떠올라 자신도 모르는 사이 격양된 목소리로 외쳤다.

"저도요, 저도 시켜줘요! 미장원에서 파마하며 밥시켜 먹는 거, 꼭 한번 해보고 싶었거든요."

시장기가 찼는지 음식을 주문한 신 언니가 머리를 말고 창밖을 내다보고 있는 삼례의 옆으로 다가와 "저 아저씨인가. 밥 시키면 자꾸 이래 밖을 내다보게 되더라" 하며 배달용 오토바이를 기다린다.

"가을이 되니까 기분이 좀 그렇다. 날도 쌀쌀해지고 뭔가 허전하네……."

밥 타령에서 뜬금없이 가을 타령으로 넘어간 신 언니에게 삼례가 "왜, 옛날 애인이라도 생각나요?"라고 농담을 하니 "아고마, 그런 얘기는 하지도 마래이. 옛날 애인이고 뭣도 읍다. 나는 첫사랑과 무조건 결혼해야 되는 줄 알고 연애한 지 일 년도 안 되가 결혼한 첫 해에 바로 애 놓고 살았다"라며 억울할 법도 한 사연을 쏟아놓는다.

"울릉도에 놀러갔다 태풍이 불어 갇혔는데, 그때 3박4일 동안 정이 폭 들어가 다른 남자랑 결혼하면 안 되겠더라고. 지는 마 애초에 꿍꿍이가 있었던 거지. 어, 아무래도 저 오토바이 같은데. 아저씨 여기에요, 여기~"

주말 드라마에 나오는 남녀 주인공의 사랑처럼 이룰 듯 말 듯한 애끓음이나 극적 반전도 없이 이십대 초에 만난 첫사랑과 곧바로 결혼까지 골인한 자신의 러브스토리가 밍숭맹숭했던지, 신 언니는 창피한 애기라며 어디 가서 말도 꺼내지 말라고 삼례에게 주의까지 준다. 하지만 어느새 대학생으로 자란 대견한 아들과 친구처럼 지낸다는 그녀의 얼굴에는 더는 바랄 것도 없는 만족과 행복이 묻어있다.

손님도 없는 한적한 시간에 미장원 한쪽에 설치된 케이블TV에서는 누가 보든지 말든지 일일 드라마 재방이 한창이고, 테이블 위에는 분식집에서 배달된 음식이 한 상 가득 차려졌다. 드디어 삼례의 소원이 이뤄지는 순간이다. 그런데 음식의 때깔이 영 심상치 않다. 아니나 다를까, 먼저 수저를 들어 떡볶이를 시식한 김 언니의 입에서 "어우, 완전 소태다 소태! 양은 또 왜 이리 적노!"라는 말이 터져 나왔다.

참치김치찌개와 떡볶이와 오징어라면이 하나같이 전혀 먹음직스럽지 않은, 기대 이하의 자태를 하고 있는 테이블 쪽으로 삼례는 다가갔다. 선뜻 수저를 들기가 망설여지던 차에 떡볶이를 먼저 시식한 김 언니에 이어 신 언니의 입에서도 불만이 쏟아져 나왔다.

"참치김치찌개에 우째 참치가 없노. 이 근처 식당들이 하나같이 이렇다니깐. 아니 음식점을 차릴 땐 최소한의 솜씨는 있어야 되는 게 아이가. 어째 라면도 멀개가 맹탕으로 보이는데."

참치의 흔적이라곤 눈을 씻고 찾아보려야 볼 수 없는 참치김치찌개를 수저로 휘휘 저어보던 신 언니가 삼례가 주문한 오징어라면에도 슬쩍 눈길을 던지며 불길한 참견을 한다. 인스턴트식품인 라면이야

258 259

그다지 솜씨를 타는 음식도 아닌지라 마음 놓고 있던 터에 삼례는 다소 긴장하며 라면 서너 가닥을 조심스레 건져 입에 넣어 보았다.

"세상에! 라면은 못 끓이기도 어려운데 어떻게 이렇게 끓일 수 있지. 이렇게 끓이는 게 더 어렵겠네……."

소원을 이룬 것만으로도 족한 터라 웬만하면 뭐든 맛있게 먹어줄 용의가 있었건만, 희멀건 국물에 불을 대로 불은 면발을 건져 입에 넣을수록 입맛은 멀찌감치 달아나 삼례의 입에서도 절로 불만이 터져 나왔다. 급기야는 그토록 요상한 맛을 낼 수 있는 비법에 대해 자못 진지한 궁금증까지 생겨났다.

TV에서는 드라마 재방이 끝나고 오후 뉴스로 이어져, 도심의 한 야외수영장에 멧돼지 두 마리가 출현해 포획하려다 인명 피해를 우려해 사살했다는 전갈을 보내온다. 단정한 차림새의 기상캐스터가 일기예보를 할 즈음 신 언니의 참치김치찌개에선 드디어 참치의 미세한 흔적이 발견되었다. 불어터진 라면도, 짜디짠 떡볶이도 서로의 품앗이로 얼추 해결되어갈 무렵 조금 전까지만 해도 낭랑한 목소리로 세상만사를 부지런히 알려주던 TV 속 아나운서의 모습은 사라지고, 이번에는 점잖은 양복 차림의 진행자가 등장해 근엄한 목소리로 부조리한 인간사를 파헤치며 사건 현장을 안내한다. 미장원의 두 언니와 최악의 식사를 하는 동안에도 세상에는 수많은 일들이 시시각각 펼쳐져 돌아가고, 그새 삼례의 머리는 방금 전 뱃속으로 꾸겨 넣은 라면처럼 뽀글뽀글해졌다.

"밥을 먹긴 먹었는데 뭐가 먹은 거 같지도 않고 억수로 허전하네. 언니야, 좀 있다 군것질이나 하자."

"난 안 하고 싶다. 살 빼야 된다아이가. 요즘 살이 너무 쪄서 안된데이."

"뭐야 혼자만 살겠다는 게야? 같이 죽자."

때론 간드러지고 때론 박력 넘치는 경상도 여자들의 매력적인 수다를 뒤로 하고 삼례는 미장원 밖을 나섰다. 가을햇살이 눈부시다. 배추를 한 아름 싣고 지나가는 트럭의 확성기에서는 배추가 실하다며 동네방네로 풍요로운 시절을 알리고, 미장원 옆 곱창집 사람들은 영업 준비를 위해 부산스럽다. 그런데도 나는 왜 여기 있지 못할까? 삼례는 다시 주변을 탐색해본다. 그리고 생각해본다. 느껴본다.

'오늘 경기도의 모 야외수영장에서는 멧돼지 두 마리가 사살됐고, 라면 맛은 정말 최악이었지. 하지만 소원 하나를 이룬 감회로 뱃속은 그럭저럭 행복한 것 같고, 햇살은 제법 따사롭고, 내일 일기는 맑음이렷다. 그리고 라면발 같은 내 머리는 지금 햇볕에 반짝이며 바람결 따라 나풀거리고 있지 않나……'

그러나 이토록 애써 인지한 사실도 느낌도 그 순간 이미 흘러간 과거지사가 돼버리니 어떻게 해야 지금, 여기 머물 수 있을까?

언제나 '썸띵 익싸이팅'한 인생 비법

　일흔을 앞둔 나이에 대학에 입학한 구 할배와 조 할배는 단짝 친구다. 평소 '전생의 부부'로 불릴 만큼 '금슬 좋은' 두 할배의 우정은 교내에 소문이 자자할 정도다. 그도 그럴 것이 조 할배가 이역만리에서 불교를 공부하기 위해 모국 땅에 발을 딛고 구 할배를 만난 이래로 두 사람은 한시도 떨어질 새가 없었다. 아침이면 함께 마을 뒷산을 오르고, 수업시간에는 나란히 앉아 공부를 하고, 단골식당에서 함께 밥을 먹고 곡차를 나누며 그렇게 노익장을 과시하며 우정을 나눈 세월이 어느덧 수 년 째다.

　"참 인연이란 게 희한도 하지. 이 동네로 이사와 대학교 근처에서 원룸이나 세놓고 청소하며 살고 있는데, 어느 날 한 할배가 지나가다

차에서 내리더니 '당신은 뭐하는 사람이요?' 하고 묻는 기라. 그래 '당신도 보다시피 원룸 청소나 하고 방이나 세놓고 앉아 세월을 낚고 있지 않소'라고 했더니 '그래요, 내가 지금 밥 먹으러 가는데 내랑 같이 밥 먹으러 안 갈라요?' 하는 기라. 보아하니 나이가 비슷한 것 같아 몇 살이냐고 물었더니 같은 범띠라. 그래 그때부터 인연이 돼가, 밥도 먹으러 다니고 학교도 같이 다니게 된 기라. 그런 친구가 옆에 있어 이 나이에 학교 다닐 마음도 냈지."

배움에 나이가 어디 있냐는 조 할배의 권유로 망설임 없이 공부를 시작할 수 있었던 구 할배. 그리고 그보다 먼저 졸업해 객원교수로서 영어를 가르치고 있는 조 할배는 언제나 즐겁다. 더구나 미국 뉴저지에 사랑하는 가족과 사업체를 남겨두고 떠나와 홀로 자취생활을 하면서도 조 할배는 틈만 나면 어깨를 들썩이며 애창곡을 뽑아 재낀다. 때론 자신의 노랫소리에 발장단을 맞추기도 하고 색소폰을 부는 퍼포먼스까지 펼쳐 주변 사람들까지 덩달아 흥겹게 한다. '대체 무엇이 저리 즐거우실까?'라는 삼례의 의문에 조 할배는 "대체 즐겁지 않을 건 뭐꼬?"라고 반문하다.

"불교가 뭐꼬? 부처님의 가르침을 부지런히 연습하는 거 아이가? 그럼 부처님이 뭘 가르쳤노? 다음 생이 아니라 지금 여기에서 행복하게 잘 사는 법을 가르치지 않았나? 그럼 잘 사는 건 또 뭐꼬? 적어도 암만 먹어도 더 먹고 싶고, 암만 가져도 더 갖고 싶은 건 행복이 아니라 불행인 기라. 오늘 이 순간 최고의 행복을 찾을 줄 아는 사람이 행복한 기라. 평범한 생활 속에서도 '썸띵 익싸이팅Something exciting'을

찾는 사람은 얼마나 행복하겠노. 사실 따지고 보면 익사이팅하지 않은 건 하나도 없어요. 인생은 그런 기다. '셀라비'인 기라!"

젊은 시절 맨주먹으로 미국에 건너간 이래 세계 곳곳에 사업체를 꾸려갈 만큼 대성하기까지, 굴곡 많은 삶 속에서 조 할배가 평생의 지침으로 여긴 것은 사성제四聖諦와 팔정도八正道였다. 부처의 가르침은 그렇게 현세적인 삶에서도 성공의 길을 밝혀주는 등불이 되었다. 그러한 그에게 항시 던져오는 질문은 "불교란 무엇인가?"였다. 파란 눈의 서양인들이 줄곧 묻곤 했던 질문에 확실한 답을 구하고자 홀로 모국으로 되돌아온 여행길에서, 노년의 염원은 새로운 삶으로 펼쳐졌다. 뒤늦게 다시 시작한 공부를 끝마친 후 모교에서 영어를 가르치고 학생들을 후원하는 등 제2의 인생을 맞은 것이다. 그의 나이 '겨우' 칠십을 넘어서의 이야기다.

아무리 힘든 순간도 일생일대에 가장 행복하고 가치 있는 순간으로 여겼기에 최선을 다하지 않을 수 없었던 오늘과 오늘과 오늘들……. 그러한 날들이 있었기에 배고픔을 견디며 신문지를 팔던 소년 가장은 세계 곳곳에 사업체를 둔 사업가로 성공할 수 있었다. 그러한 날들이 있었기에 정성껏 이뤄놓은 것들도 집착 없이 사회와 허허롭게 나눌 수 있었다. 미국 대학에 불교학과를 설립하고, 형편 어려운 학생들과 단체들을 알게 모르게 후원하고 장학회를 지원하는 등 그가 마음을 나누며 뿌려놓은 씨앗들이 사회 곳곳에서 싹터 자라고 있다. 이 모두가 어려운 상황에서도 '썸띵 익싸이팅'을 찾은 덕분이다. 하기 싫은 일일수록 더욱 즐겁게 했던 작은 노력과 그러한 날들이 쌓이고 쌓여 이젠 그것이 깊은 습벽(習癖)으로 굳어졌다. 그러니 어찌 한 순간도 행복하지 않으리……

그러한 내공 덕에 만년 청춘의 노익장을 과시하는 조 할배가 또 다른 도전에 나섰다. 집안일은 전적으로 아내의 몫이었던 덕에 평생 부엌살림에는 무신경했던 그가 자취생활을 하면서부터 요리에 관심을 갖게 된 것이다.

"참말로 적자생존(適者生存)이라더만 이래 안 하면 목구멍이 포도청이라 우짜겠노. 매끼 사먹을 수도 없는 노릇이고. 미국 집에서는 사실 내가 손 하나 꼼짝하지를 않았답니다. 아내가 밥하면 옆에 앉아가 와인 한 잔 떡 놓고 '거좀 싱겁게 해라' 하믄서 잔소리나 해 쌌지. 그래 이래 부엌에서 요리하는 걸 우리 색시가 봤다면 아따 무슨 일이고 할 기라." (웃음)

과일 서너 쪽에 커피 한 잔이면 족했던 아침 메뉴를, 따뜻한 밥과 국이 있는 토종식 식단으로 바꾸려니 앞치마를 두르는 시간이 점차 늘어나게 되었다. 그런데 왕초보 요리사에겐 간단한 된장국도 제대로 끓이기가 만만치 않다는 것이 문제다. 할배의 말마따나 적자생존이라, 부엌일과는 애당초 거리가 멀었던 그가 오늘은 작정하고 구 할배네로 원정을 나섰다. 된장국 끓이는 법을 배우기 위해서다. 시시때때로 사람들을 초대해 음식을 해 먹이는 것을 낙으로 삼는 구 할배의 부인은 그의 방문이 반갑기만 하다. 그 크기만큼이나 커다란 솥단지를 주방 한편에서 꺼내온 그녀에게 조 할배가 "많이 끓여가 먹고 남으면 싸줄라고요? 제가 어디 가든 복도 많다니까요"라며 분위기부터 한껏 띄운다. 그런 후 손을 깨끗이 씻고 소매까지 걷고는 학생으로서의 만반의 준비를 마쳤다.

"자, 된장국에는 뭘 넣어야 됩니까?"

"무엇이든 되지요. 버섯이 있으면 버섯도 넣고, 두부도 좋고, 양파, 감자, 고구마…… 있는 대로 넣으시면 됩니다. 오늘은 고구마가 많이 있으니 고구마를 넣어봅시데이. 그라고 된장은 맨 마지막에 풀어 넣어야 맛이 좋습니데이."

즐거운 마음이 더해지면 음식의 맛이 배가 되는 법은 익히 아는지라, 채소를 썰던 조 할배가 그새를 못 참고 줄줄이 애창곡을 쏟아낸다. 옆에서 관객을 자청하던 구 할배는 "얼쑤 좋다!"라며 흥겨운 추임새로 한몫 거들고, 두부를 손질하던 할매도 흥얼흥얼 따라 부르며 찬조 출연에 나섰다. 화기애애한 분위기만큼이나 달콤한 고구마가 된장국의 주재료로 익어가자 고추를 썰던 조 할배의 손놀림이 더욱 바빠진다.

"그런데 된장국에 넣을 고추를 이래 다지면 맛이 없습니데이. 양념에 들어갈 건 다지지만 국에 넣을 건 동실동실하니 썰어야 제 맛이 납니데이. 써는 모양도 그렇지만 칼날 방향에 따라 음식의 맛도 질감도 달라집니데이. 고기도 육질을 부드럽게 할라카면 고기결의 반대 방향으로 썰어야 되는기라예. 그리고 국을 끓일 땐 국자로 너무 저어도 맛이 없는기라예."

솥뚜껑 운전만 외길 한평생인 전문가의 조언은 확실히 남다르다. 주의사항까지 꼼꼼히 일러준 할매는 손질한 채소들을 끓는 물에 넣고

된장을 푼다. 된장국이 한소끔 끓어오르자 두 할배의 시장기가 이내 발동했다.

　"아따, 특히 이 된장국은 누가 끓였는지 참말로 맛있네요. 선생님도 위대했지만 아마도 배우는 학생의 손맛도 여간 아닌 것 같습니다. 그런데 된장국에 고구마를 넣으니 이래 맛있는 줄은 몰랐네요. 자, 고구마된장국을 맛있게 끓이는 비결을 한번 정리해 볼라 카면 일단 고추를 우예 써느냐, 고구마를 얼마나 뽀득뽀득 잘 씻느냐부터가 중요한 기라. 또 고구마 껍질을 벗기지 않고 그냥 썰어 넣는 것도 비결인기라. 그라고……."

　된장국을 세 그릇째 비우고서야 말문을 튼 조 할배, 어느새 고구마된장국의 달인이 된 것 같다. 그러나 된장국이 아무리 달콤하다한들, 그 비법이 아무리 대단하다 한들 그가 삶 속에서 몸소 익힌 달콤한 인생법만 할까.

오토바이 퀵 서비스로
배달된 아버지와 팔보채

벚꽃이 꽃망울을 터트리기 시작한 계절에 삼례는 그를 찾아갔다. 웬일인지 계속 생각이 났다. 그런데 그는 병원 중환자실에 입원해 있었다. 위급한 상태라고 했다. 마른하늘에 날벼락이 아닐 수 없었다. 그는 중환자실과 일반 병실을 오가며 생사의 갈림길에 서 있었다.

그를 문병 오는 사람들이 줄을 이었다. 친인척들에 신도들에 다리가 부실해 잘 걷지도 못하는 한동네 할머니들까지 그의 쾌유를 빌며 찾아왔다. 중환자실에서 일반 병실로 옮겨져 회복되는 동안에 그는 하루에도 수십 번을 "아니 대체 어디가 어떻다는 거유?"라고 물어오는 똑같은 질문에 답해주랴, "밥은 자셨소?" 하며 문병인들의 뱃속 챙기랴 쉴 새가 없었다. 그러다 그만 중환자실로 다시 직행했고, 그러기를 서너 차례 반복했다. 중환자실에서 사지가 묶여 커다란 호스를 입에 끼우고도 그는 무슨 말을 뱉기 위해 애썼다. 그의 마른 입술을 한참 지켜보던 삼례는 겨우 '밥'이라는 말을 알아듣고 성을 냈다.

"알아서 챙겨먹을 테니 빨리 일어나기나 하세요. 그래서 다시 절로 갑시다. 네, 스님?"

눈빛으로 빙그레 미소지어 보이던 노스님은 결국 삼례와의 약속을 지키지 않았다. 인정 넘치면서도 짓궂던 성품답게 사람들의 애간장을 서너 번은 녹이다가 기어코 세상을 떠나버렸다. 삼례에게 그는 아버지와도 같은 존재였다. 벚꽃이 흐드러지게 핀 날에는 고운 날씨를 탓하며 울고, 비가 흩뿌리는 날에는 궂은 날씨 탓을 하며 울었다. 절의 식구들과 신도들에게 그의 빈자리는 더욱 컸다. 그가 떠난 절은 그야말로 조용한 절간이 되어 휑한 기운과 고요만이 감돌았다. 벚꽃이 피는 계절이면 더욱 그랬다.

새벽이면 산새들에게 긴 메아리를 울려 "애들아~ 잘 잤냐~?"라고 안부를 챙기던 그가, 절에 오는 사람들에게 걸진 사투리로 "어이, 이리 와서 사정없이 공양 좀 들고 가랑께"라며 고래고래 소리를 지르던 그가, 밥 생각이 없으면 차라도 마시고 가라며 정을 퍼주던 그가, 또 불편한 다리로도 목탁채에 의지해 절을 하며 새벽 예불을 올리던 그가 너무나도 그리워서 사람들은 차마 그에 대해 말할 엄두도 내지 못했다. 그러다 누군가 참지 못하고 그의 얘기를 입 밖에 내기라도 하면 너도 나도 눈시울을 붉히곤 했다. 쥐방울만한 경차를 총알처럼 몰고 다니며 절의 볼일들을 보고, 동네 사람들의 기사 노릇을 해주고, 절에 머물던 손님을 역까지 배웅해주며 차비까지 쥐어주던 그가 삼례도 사무치게 그리웠다.

버스는 어느덧 청량리를 지나치고 있었다. 그런데 버스가 다음 정거장에 멈춰 섰을 때 중년의 한 남자가 어린 딸을 데리고 내렸다. 버스에서 내린 그는 어린 딸을 잠시 세워놓고 재빨리 등을 돌리고 앉았다. 두 팔로 아빠의 목덜미를 꼭 감싸 안은 아이와, 그런 딸의 작은 엉덩이를 두 손으로 단단히 받치고 걸어가는 그 남자의 모습이 아름다워서, 버스가 다시 출발한 후로도 삼례는 고개를 돌려 그들의 모습을 바라보았다.

누군가의 어깨가 필요했다. 버스에서 내린 삼례는 단골 찻집을 향해갔다. 열 평이나 될까 말까한 그곳은 사실 찻집이라고 하기에도, 술집이라고 하기에도 어중간하고 허름한 가게였다. 하지만 그곳에서 삼례는 여러 인연을 만났고 오지랖 넓은 가게 주인 옥이와도 친구가 됐다. 옥이의 널찍한 어깨에 잠시 기댈 요량으로 가게에 들어서니, 글쟁이 양 국장이 질펀한 수다와 입담으로 가게 안을 후덥지근하게 달구고 있었다. 그에게는 여행이나 기자 생활 중에 겪은 다양한 일들을 맛있게 지지고 볶아 구성지게 풀어내는 재주가 있었다. 삼례는 그에게서 황태탕을 제대로 끓이면 감기몸살이나 가스중독에 특효인 보약이 된다는 것을 배웠고, 평생을 글쟁이로 산 이들도 글쓰기에 앞서 목욕재개를 하거나 소주를 들이키며 나름의 방식대로 자기 최면을 건다는 사실도 알았다.

이른 저녁시간에도 양 국장의 테이블 위에는 폭탄주의 주재료인 소주와 맥주가 댓 병 놓여 있었다. 해질녘에 마시면 '폭탄주'요, 대낮에 마시면 '섞어찌개'가 된다고 할 만큼 주당인 그의 앞에는 제법 고급스러운 안주도 놓여 있었다. 팔보채였다. 출출하고 우울하던 차에 우연찮게 마주친 팔보채는 평소와는 확실히 남다른 자태를 하고 있었다. 해삼, 새우, 오징어, 죽순, 목이버섯 등의 온갖 야채와 해산물들이 뽀얗고 걸쭉한 녹말소스에서 유유자적하게 헤엄을 치고 있는 듯했다. 그런데 팔보채로 안줏발을 세우며 시장기를 채우고 있는 삼례에게 양 국장이 뜬금없는 제안을 해왔다.

　"얘, 그러지 말고 이참에 내 딸 하면 어떻겠노?"

　잠시 젓가락질을 멈춘 채 삼례는 야채와 해산물의 놀이터와도 같은 팔보채만 멍하니 바라보았다. 버스에서의 일과 노스님의 얼굴이 머릿속을 비집고 들어왔다.

　"내가 말이지, 그리 좋은 아버지는 못 되겠다만 그렇다고 또 형편없는 아버지도 아닐 거거든."

　팔보채에서 새우와 죽순을 낚아 올린 삼례는 그 오묘한 맛의 조화를 오물오물 더듬으며 대꾸할 틈도 없이 이어지는 양 국장의 얘기에 최대한 귀를 열어 놓았다. "옛날에 중국 여행을 갔을 때인데 일행 중에 욕쟁이 할머니가 있었어"라는 사설로 시작된 그의 이야기는, 평생 시장에서 장사만 하느라 재산은 많은데 자식은 없고 걸핏하면 욕을 해대는 욕쟁이 할머니에 대한 소개로 이어졌고, 여행가이드인 총각이

워낙 성실하고 친절해서 그 할머니와 정이 폭 들었더라는 대목으로 넘어가더니, 그 자리에서 자신이 두 사람에게 결연서를 쓰도록 주선해서 모자母子간의 인연을 맺게 했더라는 사연으로 구구절절 이어졌다. 그러더니 "내가 옛날에 딸이 하나 있긴 했는데, 그놈이 15살인가 되던 해에 갑자기 심장마비로 갔지. 아마 살아있었다면 동생뻘이 됐겠구나"라고 했다.

삼례는 순간 울컥했다. 동병상련의 인연이라고 해야 할까. 더 이상 망설일 필요가 없어 "그래요"라고 답한 삼례에게 양 국장은 기다린 듯 "그럼 내가 네 결혼식에 손잡고 들어가도 되는 거지?"라며 기뻐했다. 그리고는 폭탄주 한 컵을 시원하게 들이키고는 옥이에게 메모지와 볼펜을 가져올 것을 주문했다. '주연 오토바이 퀵'이라는 인쇄가 찍힌 손바닥만 한 메모지에 그는 '나, 양 주당과 삼례는 오늘 이후로 부녀지간의 인연을 맺고……'라는 서두로 시작되는 이른바 '부녀 결연서'를 작성하기 시작했다.

촌스러운 파란색으로 '주연 오토바이 퀵'이라고 찍힌 조그맣고 후진 그 종이가 내심 못마땅하면서도 '그걸 굳이 써야 하나?'라는 의문과 동시에, 어쩌면 형식이 내용을 더욱 단단하게 만들지도 모른다고 생각하며 삼례는 그의 진지한 모습을 지켜보았다. 그런데 어느새 바닥난 팔보채의 해산물들이 이젠 뱃속에서 소요하며 노닐기라도 하는지 마음이 그새 여유만만하고 명랑해져 장난기가 일었다.

"참, 그런데 아버지는 욕쟁이 할머니처럼 벌어놓은 돈은 있는 거예요? 그거부터 확인했어야 했는데."

가히 부전여전父傳女傳이라, 그 아버지에 그 딸인 양 능청떨며 딴죽을 거는 삼례에게 양 국장은 "내가 물려줄 빚은 좀 있지"라고 응수한다.

노스님에 대한 그리움을 주체할 수 없던 모월모일 어느 날에, 버스에서 주책도 없이 흘린 눈물은 간절한 바람이 되어 그날 그렇게 후미진 종로 뒷골목에서 삼례는 오토바이 퀵처럼 빠른 서비스로 아버지를 배달받았다. 모진 세파에 더 이상 움츠러들지 말고 당당한 '주연'으로 살라는 노스님의 메시지였을까. 부녀 결연에 대한 내용이 빼곡히 적힌 메모지를 다시 들여다보니 '주연 오토바이 퀵'이라고 인쇄된 그 메모지가 실은 무지 근사한 종이였다. 그리고 그날, 새우와 죽순이 됐든 해삼과 느타리버섯이 됐든 어떻게 어우러져도 오묘한 찰떡궁합의 맛을 자랑한 팔보채 또한 무지 근사한 요리가 아닐 수 없었다.

미역죽 한 대접에 밤 떨어지는
소리가 '선정^{禪定}'이다

삼례는 이른바 '선정 수련회'라는 명상 수련회에 참가했다. 그런데 휴대폰 사용은 물론 책이나 메모도 일절 금하고 묵언까지 해야 한다. 경내에는 아담하고 고즈넉한 뜰이 작은 만다라처럼 펼쳐져 있고, 절 옆 능선으로 올라가는 오솔길에는 밤나무 몇 그루가 서 있다. 산을 오르는 몇 몇의 등산객 소리만 간혹 들려올 뿐, 고요함이 웅숭깊은 그곳에서 삼례는 코끝에 스치는 들숨과 날숨만 관찰하며 지냈다. 그런데 말이 쉽지, 평소 십분도 제대로 앉아 명상을 해본 적 없는 삼례로서는 고역이 아닐 수 없다.

숨 쉬는 사실조차 잊고 살다가, 매 타임마다 한 시간 반씩 좌선한 채 들숨과 날숨의 행로를 알아차림 한다는 것이 어디 쉬운 일이랴. 그

저 내 자신이 이렇게 '숨 쉬는 존재'였다는 사실 하나만 자각하면서 버티고 앉아있는 것만도 대견할 따름이다. 그런데 그렇게 매일 아홉 시간 동안 좌선하다 보니 정신은 맑아지는 반면 몸이 힘들다. 평소 굳어있던 근육을 사용해서인지 어깨와 목이 떨어져 나갈 지경이다. 게다가 지도 스님과의 인터뷰 시간을 제외하면 묵언을 해야 하니 시시때때로 갑갑증이 일어나면서 신경이 예민해진다. 그러니 오직 '먹는' 시간이 낙이다.

공양 메뉴는 아침에는 죽, 저녁은 떡과 과일로 간단히 해결하는 대신 점심은 푸짐하다. 빼빼한 체구의 공양주 할매는 홀로 식사를 준비하느라 소리도 없이 분주하다. 참선 중인 수행자들의 귀에 조금이라도 거스를세라 라면박스 한 귀퉁이를 떼어 도마 대신 사용해가며 소리 없이 칼질을 하는가 하면, 행여 설거지 소리조차 방해될까 염려스러워 수행자들이 음식을 먹는 대로 곧바로 설거지를 해대느라 설레발이다.

그 마음과 정성에 감복되니 고역 같은 수행도 견디게 되고, 음식은 그저 맛있다. 끼니때마다 진심으로 감사한 마음이 일어나기도 한다. 그러던 중 하루는 점심 메뉴로 미역국이 나왔다. 어찌나 반가운지, 평상시엔 거들떠보지도 않았던 미역국에 그토록 기쁜 마음이 일어나는 것이 신기할 정도다. 비록 며칠 동안이긴 하나 명상으로 조금이라도 맑혀진 마음이 몸이 원하고 필요로 하는 음식을 귀신같이 알아차리는 건 아닐까, 하는 추측까지 해본다. 말하자면 몸과 마음의 소통이 조금은 원활해졌다고 할까.

그런데 더욱 신기한 것은 아무리 봐도 물에 미역만 풀어놓은 형상인데 그토록 볼품없는 미역국에서 어찌 그리 깔끔하고 깊은 본연의 맛이 우러나는지, 그야말로 보양국이다. 널따란 스테인리스 대접에 미역국을 한 대접 가득 담아 상 위에 올려놓고 바라만 봐도 뱃속은 물론 마음속까지 뜨끈뜨끈 시원해진다. 절에서는 공양시간 전후로 간단히 합장하는 식사예절이 있는데, 미역국을 담고 있는 낡은 스테인리스 대접에게마저 두 손이 절로 모아지고 고개가 절로 숙여진다. 공양이 끝난 후 규율에 위배되는 것을 알면서도 삼례는 그 맛의 비결을 알고 싶어 공양주 할매에게 슬쩍 다가갔다.

"마땅히 넣은 것도 없는데. 물이 팔팔 끓을 때 미역 넣고 소금으로 간한 거밖에는."

너무 간단한 비법에 삼례는 당혹스럽고 무안스럽기까지 한데, 이때 할매가 부연설명을 슬쩍 덧붙인다.

"그런데 물이 끓을 때 미역을 넣어야 비린내가 안 나고 국물 맛이 깔끔하고 시원한 겨. 그리고 미역을 넣고 푸르르 끓어오를 때 불을 딱 끄라고."

그럼 그렇지! 간단하지만 중요한 비법에 삼례가 속으로 쾌재를 부르는 순간, 고요하고 차분하게 가라앉아있던 마음은 온데간데없이 사라지고 그 자리엔 '들뜸'의 감정이 채워졌다. 미역국에 콩깍지가 씌었으니 수행은 애초에 글러먹었고, 떡과 과일로 식사를 대신하는 저녁시간에도 낮에 먹던 미역국 생각이 간절하다. 그런데 다음날 새벽, 삼례의 간절함이 통했던 건지 아침 메뉴로 그 비슷한 것이 나왔다. 다름 아닌 '미역죽'이다. 흰죽은 물론이요, 호박죽에 잣죽, 깨죽, 팥죽, 콩나물죽, 아욱죽 등 죽이라는 죽은 거의 먹어봤지만 미역죽은 난생처음이다. 삼례는 또다시 공양주 할매에게 슬쩍 다가가 본다.

"어제 먹던 미역국에 찬밥과 미역을 보충해 넣고 폭폭 끓였다우."

먹다 남은 미역국의 재활용으로 탄생된 미역죽. 그야말로 업사이클 아트upcycle art라 해도 과언이 아니다. 하라는 수행은 뒷전이고 '미역국 사모곡'에 빠진 삼례에게는 이제 밥시간이 선정禪定의 시간이다. 고행하던 싯다르타를 살리고 기운을 차리게 한 우유죽이 그러했을까. 부드럽고 따끈한 미역죽 한 사발이면 지치고 예민해졌던 몸이 천지의 기운으로 급속 충전되는 것만 같다. 그러니 이 죽으로 말할 것 같으면 가히 '선정의 죽'이라!

미역죽을 두 대접이나 해치우고 나서 삼례는 다시 좌복에 앉았다. 풀벌레 소리가 고요히 감돌아드는 정적 속에서 무언가를 툭, 툭, 미련도 없이 떨구는 소리가 있다.

'무슨 소리가 저토록 평온함으로 충만할까…….'

가만, 가만, 귀 기울여보니 오솔길 옆 밤나무가 밤을 떨어뜨리는 소리다. 선정의 죽을 너무 푸지게 먹어서일까. 이 가을 새벽녘, 밤 떨어지는 소리가 선정이다.

그때의 업보가 분명해!

인생이란 정말 알 수 없는 것이라고, 삼례는 자신의 껌딱지인 남동생을 볼 때마다 그런 생각을 하게 된다. 더구나 강아지 남동생이라니 이게 무슨 귀신 씻나락 까먹을 일인가. 인간과 다른 생김새를 가진 생명체에 대해선 일절 관심조차 가져본 적이 없을뿐더러 어린 시절에 삼례는 그런 존재가 한집에 거주한다는 사실만으로도 낯설고 불편하고 두렵기까지 했다. 여섯 살 때는 호랑이만한 개가 마당을 차지하고 있어 그놈을 데려다놓은 아버지를 원망하기도 했고, 초등학생 때는 엄마가 어디선가 데려온 바둑이가 얼마나 싫었던지 걸핏하면 괴롭혀서 그 개가 가출을 한 적도 있었다.

'아마도 그때의 업보가 분명해' 하는 심정으로 삼례는 눈뜨기가 무섭게 입맛 까다로운 남동생 푸코의 식성을 고려해 오븐에 구워 만든 캐나다산 사료에 삶은 닭가슴살을 잘게 찢어 식사를 준비한다. 자신의 밥보다도 정성들여 준비한 황제급 식단 앞에서도 고개를 휙 돌리는 푸코를 볼 때면, 삼례는 그놈에게 하는 잔소리인 건지 자신에게 하는 신세타령인 건지도 모른 채 혼잣말로 궁시렁대다 결국 이렇게 마무리 짓곤 한다.

"그때의 업보가 분명해!"

굳이 어린 시절의 업보 때문이 아니라도 삼례에게는 푸코를 상전으로 대접하며 기꺼이 시종을 자처할만한 이유가 있다. 지난 수 년 간 그놈은 평생의 밥값을 다하고도 남을 만큼 삼례 곁에서 큰 힘이 돼주었다. 심지어 그놈은 이제 엄마같이 굴 때도 있다. 삼례가 모처럼 과식을 할 때면 흐뭇한 표정으로 그 모습을 지켜보는가 하면 기도와 명상을 할 때는 먼저 자리 잡고 앉아 기다리기도 하고, 쓰레기를 버리러 갈 때도 반드시 자신이 동행해야 하는 듯 앞장선다. 또 삼례가 화장실에서 발이 절여 쉽게 일어나지 못할 때는 어찌 그리 감지를 잘하는지 무슨 큰일이라도 난 듯 짖어대며 달려온다. 거의 날아다니다시피 할 정도로 뜀박질을 하고 다닌 탓에 슬개골 수술까지 받고 누워있을 때조차 붕대를 감은 다리로도 절룩거리며 달려왔더랬다. 마치 자기가 보호자라도 되는 양.

불행이 연달아 찾아와 친구들조차 외면할 때 그 곁을 한결같은 마음으로 지켜온 그놈의 매력이란 것은 과히 치명적이라 할만하다. 세상을 등지고 싶을 만큼 괴로운 순간에도, 그 고통이 네 자신은 아니라는 사실을 일깨워주기라도 하듯 예기치 못하게 웃음을 터트리게 만드는 그 놀라운 매력 포인트가 고작 발랄한 귀여움이라니……. 이 대단한 강아지의 성장기를 고작 두어 달밖에 보지 못하고 떠난 엄마가 생각나서 삶이 지옥과도 같아지는 그 순간마저 즐거움으로 바꿔놓는 그 힘이 고작 그런 것이라니, 눈시울을 적시다가도 어느새 그 매력에 압도당해 웃음을 터트리고 마는 자신을 보면서도 삼례는 쉽사리 믿어지지 않았다. 그놈이 지닌 작은 힘의 기적을, 인간도 아닌 생명체와의 마법 같은 교감을…….

그러나 애교 넘치는 표정으로, 귀여운 궁둥이와 꼬리 짓으로 제아무리 즐거움의 기적을 만들어내는 마법의 강아지일지라도 상처는 있는 법이라, 푸코에게는 그로 인한 치명적인 단점이 있다. 혼자서는 잠시도 집에 있지 못한다는 것이다. 영화 〈나홀로 집에〉의 주인공 아이

처럼 나 홀로 남겨진 집에서도 맛있는 간식을 찾아먹고 널브러져 잠도 자며 혼자 잘만 지내던 놈이 그렇게 된 것은 엄마와의 갑작스런 이별 때문이었다. 그때의 충격이 얼마나 컸는지, 그 후로 푸코는 심각한 불리불안 증세가 생겼고 삼례가 옷을 갈아입기만 해도 지레 겁먹고 매달리는 겁쟁이가 되었다.

세상에서 가장 아픈 이별을 함께 경험하며 상처를 공유했기에 더욱 애틋한 인연이 되어버린 우리……. 폴 오스터의 〈타자기를 추켜세움〉에서 저자와 타자기가 서서히 하나로 연결되어가듯 우리도 어느 사이 그렇게 연결된 것이다. 우리는 어디든 함께 했다. 배를 타고 바다로 나가 갈매기들에게 먹이를 던져 주며 함께 바닷바람을 쐬기도 하고, 비 오는 날 밖으로 나가 함께 비 냄새를 맡기도 하고, 또 운전하다 졸음이 오면 휴게소에 차를 정차해놓고 함께 단잠을 자기도 했다. 우린 절의 법회나 행사에도 함께 참석했는데, 처세술이 뛰어난 그놈은 그때마다 가방 안에서 쥐 죽은 듯 엎드려 있곤 했다. 인간과는 다른 생명체가 그 속에 있는지 없는지도 모르게…….

그러나 어린 시절 삼례가 그랬듯 인간과는 다른 생명체가 한공간에 존재한다는 사실만으로도 심기불편해 하는 사람들이 많았고, 인간과는 다른 생명체가 밀폐된 가방 안에서 조용히 숨죽이고 있어도 일단 그것이 발각되는 순간이면 사람들에게 피해를 준 것으로 간주되었다. 한 번은 넓고 예쁜 산책로가 있는 한 사찰에 갔다가 푸코와 잠깐 산책을 하는데 그곳 관리자가 질색하며 소리를 질렀다.

"여봐요, 개는 절에 못 들어와요. 문 앞에 붙여놓은 출입금지 표시 못 봤어요?"

"네? 그럼 경내에 돌아다니는 다람쥐나 새들은 어떻게 단속하시나요?"

삼례는 이렇게 대꾸하면서도 자신의 귀를 의심했다. 부처가, 혹은 불가의 스승들 중 누가 인간과 동물은 애당초 불평등한 존재라고 가르친 적이 있던가. 심지어는 개에게도 불성佛性이 있다면서, 개는 절 안에 들어오지도 못한다는 건가. 절의 공중화장실에서 만난 한 할머니는 가방 속에 얌전히 앉아있는 푸코에게 역정을 내며 침을 뱉기까지 한 적도 있었다. 개가 사람 팔자보다 좋아 보인다는 이유에서였다. 그런 어처구니없는 일을 겪을 때면 삼례는 화를 참지 못하다가도, 그런 자신의 얼굴을 멀뚱멀뚱 바라보며 고개를 갸우뚱거리는 푸코와 눈이 마주치면 결국 이렇게 마무리 짓곤 한다.

"네가 보살이다!"

개보다 못한 인간들의 온갖 괄시와 무시에도 초연한 듯 화내는 법이 없지만, 입맛 하나만큼은 변죽이 죽 끓듯 하는 강아지보살 푸코를 위해 오늘은 삼례가 연어와 황태를 갈아 만든 수제 사료에 삶은 소고기를 듬뿍 얹은 특식을 준비하며 이렇게 투덜거린다.

"그때의 업보가 분명해!"

그 녀석이 돌아왔다

　장례식장에 잠깐 나타난 그 녀석은 그 어떤 말이 무색하리만치 근심어린 눈빛으로 삼례를 바라보았더랬다. 안절부절못해하던 표정과 말보다도 깊은 진심이 느껴지는 눈빛을 남기고 사라졌던 그 녀석을 다시 만난 건 한 해가 훌쩍 지나 반년을 더 넘겼을 무렵이다. 물론 그 사이 전화가 한 번 씩 걸려오긴 했다. 어떻게 지내냐고, 잘 지내고 있냐고…….

　무덤 같던 시간들 속에서 그렇게 잊을만하면 한 번 씩 전화를 걸어 꾸준히 안부를 물어오던 그 녀석이, 크게 반겨주지 않는데도 변함없이 안부를 물어오던 그 녀석이 어느 날은 삼례를 한 번 보러와야겠다면서 선언까지 했다. 자기 딴에는 나름 각오를 단단히 한 듯했다. 그리고 며칠 후 그 녀석은 자신의 약속대로 집 앞에서 버스를 타고 삼례를 보러 왔다.

유난히 초롱초롱한 눈망울과 생글거리는 미소가 마치 우주에서 온 호기심 넘치는 꼬마 같던 그 녀석은 그새 덩치가 두 배로 커 있었고 열한 살이 되어 있었다. 그러고 보니 이 녀석은 이젠 아예 삼례를 '이모'라고 부른다.

"주연아, 이모할머니라고 해야지. 네 엄마가 이모라고 부르는 거고."

삼례의 말이 채 끝나기도 전에 이 녀석의 답은 무척 단호하다.

"싫어요. 그냥 이모라고 할래요. 이모할머니라고 하기엔 너무 젊잖아요."

어릴 땐 말도 제대로 못하면서도 굳이 한 단어도 놓치지 않고 또박또박 '이모할미'라고 부르던 아이가 이젠 자청해서 그 호칭을 거부해준 덕에 삼례는 젊은 이모로 신분세탁이 된 기분이다. 오랜 만에 만난 이 녀석은 여전히 수다스럽고 어디서 저런 표현을 배웠을까 싶을 정도로 천상유수다. 이미 어린이집을 다니던 시절부터 자청 '주연 내비게이션'이라고 할 만큼 지하철 노선에서부터 고속도로 이름과 위치까지 꿰고 있던 이 녀석의 관심사는 이젠 놀랄 만큼 광범위해졌다. 또래끼리 즐겨하는 게임은 물론이고 사회적인 문제며 정치, 국제정세에까지 안테나가 열려있다.

"요즘 제가 저작권 관련 사건에서 변호를 맡고 있거든요. 항공사도 운영하고 있는데 이번 주엔 비행사들 자격시험 심사도 해야 하고, 조

만간 코스닥에 상장되기 직전이라 주식까지 공부해야 해서 정신이 하나도 없는 거 있죠. 얼마 전부턴 친구가 운영하던 가상 국가도 떠맡게 됐는데, 아직 신생 국가라 시민은 많지 않지만 국회의원이랑 국방부 장관이랑 국가를 안내해주는 인공지능도 넣어 놓았어요. 안전연합에도 가입했고요. 그런데 이모, 엊그제 누가 요청한 바람에 PDF를 준비해야 하는데 난생처음 해보는 거라 난감한 거 있죠."

다방면으로 발을 걸쳐놓은 이 녀석은 가상 세계에서도 사는 게 쉽지 않다는 듯 한숨을 내쉰다. 그러면서도 길치에다 내비게이션 안내마저 곧잘 놓치는 삼례를 위해 보조석에 앉아 "5백 미터 앞에서 좌회전해야 하니까 1차선을 가주세요"라며 틈틈이 길 안내까지 챙긴다.

기상천외하고 신통방통한 이 녀석은 종교와 영적인 분야에까지 지대한 관심을 보인다. "이모가 기도하는 동안 거실에서 휴대폰이나 TV 보고 있어"라는 삼례의 말에 "저도 같이하면 안 될까요?" 하더니, 기도 중에 삼례가 읽는 경전을 은근슬쩍 가져가 따라 읽기도 하고 오동통한 손가락을 이리저리 꼬며 수인手印을 흉내 내보기도 한다.

"주연아, 꿈에서 할머니 본 적 있니?"

돌아가신 엄마가 유독 예뻐하던 증손자였기에 혹여나 싶은 생각에 삼례가 이 같은 질문을 했을 때 이 녀석은 그제야 생각난 듯 꿈에서 할머니를 만난 이야기를 들려준다.

"왜 아니겠어요. 지하철을 타고 어딜 가는데 할머니 같은 분이 타신 거예요. 제가 다가가 할머니가 맞는지 얼굴을 확인했더니 할머니가 맞더라고요. 그래서 얘길 나눴는데 할머니가 장례식장에 제가 온 걸 봤다면서 고맙다고 했어요. 예전에 할머니가 혼냈던 건 미안했다고 사과도 하셨고요. 할머니 휴대폰을 허락도 없이 만져 혼난 적이 있었거든요."

아빠 손에 이끌려 어쩔 수 없이 장례식에 끝까지 참석하지 못하고 그 자리를 떠날 수밖에 없었던 당시 상황과 서운함에 대해서도 한참 토로하던 이 녀석은 조심스레 이런 말을 꺼냈다.

"근데 이모, 저는 할머니가 가끔 우리 곁에 있는 것 같아요. 그런 느낌이 들 때가 있거든요."

삼례는 잠시 생각했다.

"그럼 얼마든지……. 우리가 할머니를 생각하고 보고 싶어 하면 얼마든지 다녀가실 수 있을 거야."

작은 실개천을 끼고 있는 파스타집에 앉아, 매운 맛을 좋아하고 제법 잘 먹기까지 한다며 자화자찬을 늘어놓는 이 녀석과 마늘을 듬뿍 넣은 해물파스타를 주문해놓고 우리는 그리 멀지 않던 과거를, 그러나 아득하고 오랜 과거가 되어버린 듯한 오묘한 시간 속 아름다운 한때를 회상했다. 이 수다스런 녀석을 데리고 엄마와 함께 연등 축제를 구경하러 갔던 그때를 떠올리며 휴대폰에 저장된 사진들을 꺼내보고 있을 때, 이 녀석은 놀란 토끼 눈을 하더니 삼례에게 이렇게 종알거렸다.

"지금도요. 지금도 와계신 것 같아요. 여기 옆자리……."

그러면서 이 녀석은 언제부터인가 살랑거리는 바람이 머리나 어깨를 쓰다듬듯 스치는 느낌이 들 때면 그것이 할머니의 손길이라는 것을 확신했다고 고백했다. 그것이 착각일망정 우리는 그 느낌을 존중하기로 했고, 작은 접시에 알싸한 마늘향이 듬뿍 배인 해물파스타를 조금 덜어 옆자리에 올려 놓았다. 소리 없이 흐르는 실개천의 속삭임마저 살랑살랑 들려올 것만 같은 그런 밤에 우린 그렇게 조촐하지만 특별한 만찬을 즐겼고, 그런 후 얼마 지나지 않아 그 녀석은 삼례에게 이 같은 소식을 전했다.

"이모가 기도할 때마다 할머니도 곁에 있었대요. 그 기도를 따라가기 힘들 때도 있었지만 그 덕에 차원이 상승되고 도움을 많이 받았대요. 후손들의 기도를 많이 받으면 인기도 높아지

는데 지금 계신 차원에서 할머니 인기는 와, 이건 뭐 유재석 급인데
요."

　엄마라는 그 삶이, 희생만 하고 떠난 그 삶이 마감된 후에야 비로소
너무나 고마워서, 너무나 미안해서, 너무나 가엾어서, 너무나 아파서
숨쉬기조차 힘들었던 날들. 고마운 만큼, 미안한 만큼, 가엾은 만큼,
아픈 만큼 그립고 보고 싶지만 그럴 수 없어 미칠 것만 같던 날들 속에
서 삼례가 유일하게 할 수 있는 것이라곤 기도밖에는 없었더랬다. 기
도를 믿지 않으면서도 그것밖에는 매달릴 것이 없었는데……．

　기상천외하고 신통방통한 그 녀석은 삼례의 무덤 같은 날들 속으
로 불현듯 돌아와, 그렇게 커다란 위로의 안부를 전해주었다.

스승들이 남기여 어른들 그림은 사드거다

2021년 10월 25일   초판 1쇄 발행

지은이   함영
펴낸이   이규만
디자인   B&D
펴낸곳   참글세상

출판등록   2009년 3월 11일 제300-2009-24호
주소   (우)03149 서울시 종로구 인사동 7길 12 백상빌딩 1305호
전화   02 - 730 - 2500
팩스   02 - 723 - 5961
이메일   kyoon1003@hanmail.net

ISBN 978-89-94781-68-6   03810